U0533840

无梦之境

The Eye Phone Age

七堇年
作品

人民文学出版社

图书在版编目（CIP）数据

无梦之境／七堇年著．—北京：人民文学出版社，2018
（七堇年作品系列）
ISBN 978-7-02-014038-1

Ⅰ.①无… Ⅱ.①七… Ⅲ.①长篇小说—中国—当代 Ⅳ.①I247.5

中国版本图书馆CIP数据核字（2018）第061771号

责任编辑	刘　伟
装帧设计	陶　雷
责任校对	刘晓强
责任印制	苏文强

出版发行　人民文学出版社
社　　址　北京市朝内大街166号
邮政编码　100705
网　　址　http://www.rw-cn.com

印　　刷　三河市鑫金马印装有限公司
经　　销　全国新华书店等

字　　数　171千字
开　　本　880毫米×1230毫米　1/32
印　　张　9　插页1
印　　数　1—80000
版　　次　2018年4月北京第1版
印　　次　2018年4月第1次印刷

书　　号　978-7-02-014038-1
定　　价　39.00元

如有印装质量问题，请与本社图书销售中心调换。电话：010-65233595

目 录

自 序
  空山问雪   1

序 幕   1

第一章   9
第二章   86
第三章   116
第四章   176
第五章   222

尾 声   269

人生而自由,

只因看不见被什么囚禁着。

自 序

空山问雪

"想象一本你想读的书,然后去写它。"这句话鼓励着我,挑战着这一次不同寻常的写作旅程。

我想要感谢一些无与伦比的前人智慧,从苏轼到乔治·奥威尔,从欧文·戈夫曼到米歇尔·福柯,从玛格丽特·米德(哪怕她对萨摩亚部落的描述已经颇受质疑)到《黑镜》这部剧……仅仅是抚摸过这些智慧的一缕皮毛,就足以让我高山仰止,质疑我再做任何努力的意义。

好在时不时的,总有一个声音对我说,世上虽已有了喜马拉雅,但乞力马扎罗的雪,依然是美丽的。

我本想写的是,一个人害怕自己的影子,厌恶自己的足迹,于是奋力奔跑。影子始终不离身,跑得越快,足迹越多,他最终气绝身亡。他不知道,如果就在树荫下歇息,影子就消失了,足迹也就没了,真傻呢。

可惜这样的故事，在很久很久以前那个叫庄子的哲学家就已经写过了。①

写作，是一件空山问雪之事。

在一片白茫茫的孤独中，你的提问化为回声，反问着你。而答案，如果有的话，则被覆盖在白茫茫的深处，随着春天的到来，消融，或者发芽。

我不知道我是否很好地完成了它。每创造一个故事都是绘制一座迷宫，动态的，不断生长的迷宫，因此有时候我自己也会迷路。抵达出口的时候，故事也许已经发育至完全变样。好在就像我们出生不是为了死亡那样，我并不在乎出口在哪儿，何时找到，我留恋在迷宫中找寻出口的感觉，尽管那个过程丝毫谈不上愉悦。

但这不妨碍我坐下来，想起雪地中的自己。我搓着手，哈着气，在令人睁不开眼睛的光明中，想——如果早知道世界是这个样子的话……

---

① 《庄子·渔父》："人有畏影恶迹而去之走者，举足愈数而迹愈多，走愈疾而影不离身，自以为尚迟，疾走不休，绝力而死。不知处阴以休影，处静以息迹，愚亦甚矣。"

序　幕

　　她几乎每天都经过这里两次——上班，下班。

　　雨天，晴天，在等红灯的五十秒间隙里，在匆匆一瞥的余光里。就连不上班的日子，她也几乎隔几天就会到它的 VR 线上体验店去逛一逛，这里的每一道门，每一排货架，每一块区域，她都熟悉。

　　而今天，她终于可以进来了。

　　"再见，祝有愉快一天。"自动泊车系统和她道了别，车门开了。她下车，把车窗当成镜子，拢了拢头发，端正了大衣的下摆，深呼吸，转身朝那里走去。

　　近了。

　　更近了。

　　眼前的建筑物几乎通体透明，像一个巨大的冰块。四面巨型 3D 投影广告朝空中放射光芒，透视设计的字体浮现，紧紧抓住了人们的眼球：

定制您的期待
　　——欢迎来到基因超市

　　广告大得占据了几乎一整片天空。浮影画面上，阳光，微笑，婴儿，一组组典型中产阶级的笑脸，拥抱，和睦的老老少少……鱼贯而来。"新年特惠，入会折扣"的字影滚动着从她的左肩滑到右背，把她的脸映成了彩色。

　　一个穿白大褂的机器人迎来，"欢迎光临！您有预约号码吗？"她摘下眼机接受虹膜扫描，又重新戴上。

　　"太好了，请跟我来。"白大褂带着她走向卖场中央的体验区域，一边走一边寒暄，"您的眼机款型真好看，是限量款？"

　　她心不在焉地点了一下头，又有点像摇头。

　　"难以想象过去这东西得时时刻刻攥在手上，是吧？屏幕4.7寸，5寸……哇，那是什么样的世界？每个人随时随地都低着头，简直就像一群……罪人？"白大褂的闲聊还是显得太生硬了，而且显然植入的是美式语境，这令她根本懒得搭腔。

　　大概它对每个顾客都这么恭维的吧，她心想，自己这款其实是最普通的眼镜式的,不过是些基础功能,可折叠,HUD微投影虚拟视幕,增强现实画面;语音、触控、眼球追踪都可以操作,镜腿是蓝牙耳麦,掰成梯形就切换至无人机模式,可以直接抛向空中。

到达体验区,高大的玻璃货架依次排开,分门别类,陈列着各种基因组合供选择。

外形类的展架最为精致豪华,从金发、黑发、棕发,到蓝眼睛、棕眼睛、黑眼睛;从一米九、一米八、一米七……到黑皮肤、白皮肤、黄皮肤。无数诱人、美丽、英俊的虚拟代言形象鱼贯呈现,许多顾客在各种面部组合的快速跃动中犹豫不定,反反复复点击尖下巴脸型和长卷发的搭配,货比三家,皱着眉头做不了决定,手指甲都要被咬断了。四周的广告眼花缭乱地更换着:

想象你的孩子……

一切只为你的期待!

整容?为什么不把缺憾扼杀在摇篮之前

她咬着嘴唇,飞快地浏览着四周,没有在外形区和性格区久留。这些营销陷阱太诱惑人了,她牢记预算,有备而来,径直奔向了"智能区域"。

　　语言智力区,第一个冒出来的代言人影像竟然是纳博科夫,眉头紧蹙,嘴角有一抹似有若无的微笑。往后还有一叠叠演讲家、作家,形象层出不穷。

　　运动智力区

　　逻辑智力区

　　空间智力区

　　……

　　到了音乐智力区,她的脚步停了下来。广告代言人从巴赫、肖邦到路易斯·阿姆斯特朗,走马灯似的换着。莫扎特像个钢琴家教一样站在一个孩子身边,指导她弹奏赋格,还时不时侧脸微笑着招揽顾客,鞠躬,脱帽,做出邀请的手势。

　　白大褂从货架上抽出一张电屏,上面显示着一大串符码,"这是卢恰诺·帕瓦罗蒂的嗓音,当然您还可以选择更烟熏一些的——"

　　"不用。我先自己看看。"她故意给出冷淡的声音,尽量显得自己从容不迫。

"没问题,您随意挑选,需要我的时候就呼叫我。"

挑选五官没花多久,因为她早就想好了,要什么样的鼻梁、下巴、脸型、耳廓。她快速从五官区的货架上挑选了预订样品放进购物车,迅速离开,防止自己在预算有限的情况下面临更多选择诱惑;接着,她前往躯干区、四肢区。

这个区域逛得久一些,因为零件最贵,也最重要。经过货比三家,她终于选了"白银分割"的身材款式——腿部比平均长度增加两英寸。这个身材款式有折扣,虽然比黄金分割款型略微逊色,但性价比最高。

有关消化、呼吸系统的区域她直接略过了,都按照标配来。到达神经中枢区。在大脑神经元改造方面,她想增强更多的与音乐相关的突触小体,各种神经递质成分也做相应调整。

选好后,她推着满满的购物车,去了试型间。在机器人导购的帮助下,她的眼机自动将挑好的零件进行虚拟合成:先是裸体看了看,再搭配了一些衣服,利用全息投影观察会是什么效果。

在纯白的试型间里,一个她想象中的人形很快出现了,360度缓缓旋转着,不断睁眼,闭眼,深呼吸……走路,奔跑,跳跃……

从婴儿时代迅速成长到十八岁,最后定格在二十岁的笑容上。

她一瞬间就爱上了这个孩子,这个完全精确订制的,自己的孩子——基因超市新年大促销爆款——虽然外形并不最流行,但搭配最经典、性价比最高的组合:黑头发,白皮肤,尖下巴。

从眼机显示的电子说明书的封面上看,这个孩子长大之后将有着大理石大卫一般的俊朗面容,个性化的地方在于其出色的音乐天赋。正常发育状况下,这个孩子的音乐天才将超过95%同龄人。

一切都很顺利。机器人导购将她选择的基因型折算成一张长长的账单,交给她,并告诉她收银处的位置。

收银员临时换了岗,是个胸牌挂着 Dr.Tako Shin 什么的医生,没太看清。"欢迎光临!"Dr Shin 鞠躬问好,"能先出示您的身份证与监护人执照吗?"

她一愣,眉头皱了一下,好像没听清。

"抱歉,我这里需要您的身份证与监护人执照才能结账。"Dr. Shin 微笑着提醒。

"噢,噢。"她旋即明白过来,慌乱中,直接摘下眼机,触屏操作,调取出执照编号。递上去扫描。

Dr.Shin 说："谢谢，很好，但还需要监护人执照原件。"

"我忘在车上了……"她解释道。Dr.Shin 礼貌却不留余地的笑容令她慌乱，排在后面结账的人啧啧地咂着嘴，很不耐烦。她赶紧说："麻烦您稍等，我这就去拿。"

等她慌慌张张地从停车场返回，感觉自己跑了一公里。这儿太大了。她气喘吁吁地回来时，尽量把呼吸熨平，迅速找到刚才那个收银台，递上监护人执照。那是一张便携芯片，储存着与执照相关的整套数据，也是一份电子证书原件。接触眼机，就可以识别读取出来。

Dr.Shin 不见了，取而代之的是之前的机器人收银员回了岗，它从旁边找出刚才的账单，开始结算。

"您需要按揭，还是一次性支付？"

"一次性支付。"

"好的没问题，孕育方式？"

"人工。"

"好的没问题。家庭类型？"

"前喻型,单亲亚型。"

"好——的,"收银员抬起头,挤出一个微笑,"合同生成了,请您过目,没问题的话,点击这里指纹确认。"

付款之后,她彻底穷得只剩下幸福感了,她骄傲地想,这份自己送给自己的三十岁礼物,来得不迟。这礼物昂贵得哪怕还要多加一个抗焦虑基因都付不起了,搞不好买奶粉都要分期。

但她心甘情愿。

第一章

1

他长大后,经常在想一个问题。为什么在这个——支付一笔钱,下载一个软件,打开一个程序,甚至是抽烟借个火儿这样的小事——都需要经过他允许才行的世界里,竟然有一件事,从来没有人经过他的允许——即"把他带到这个世界上来"这件事本身。真的没有。从来没有人问过他:"请问,我可以把你带到这个世界里来吗?"

这么大的事,竟然从来没有人经过他的允许。

漫长的集体无意识浸润过程开始了,命运从一颗受精卵开始,有丝分裂成越来越具象的存在。有朝一日那一颗最初的受精卵会变得拥有呼吸、睡眠,悲、喜、人生。

几周过去,它一直蜷缩着,悬浮在灌满了羊水的孕育箱中,感受过每一种元素。感受过了江河湖海,山川,平原,看到大地就想起母亲,看见春天就想起少女。太阳像父亲,阳性,有力;月亮则是阴性的。红色令他温暖、激动；绿色则令他安全、亲近，类似草地的质感。

它变成了他。变成一个出厂设置就带有哭喊、吮吸、进食功能，听到声音就会把头转向声源的有机体。

凌晨四点半。暗蓝的天空如一片荒原，积云团聚，像正在缓缓迁徙的群兽。太阳与月亮正路过天秤星座，他正在睡梦中——突然四周的墙壁坍塌一般，向他挤压过来，越来越猛烈，越来越动荡，整个世界地动山摇了很久，很久，他被一股不可抗拒的力量推搡着，被挤入一条狭窄的通道。从通道的尽头，传来一阵阵撕心裂肺的喊声，几乎要割伤他的耳膜。他感觉被人夹住了头，被拖动。

一场模拟的分娩环境犹如地震，惊恐中，他感觉眼睛被什么东西糊住了，四周湿滑，黏腻。一把手术剪还吊在脐带的尽头，晃荡着。不知过了多久，一切好像平息了下来，他感觉自己又被抓到了另一个地方，被裹进了柔软的织物中。他闭着眼睛都能感觉四周灯光刺亮。

接着他被托于掌心，被抓来抓去，被冲洗，黑暗令他完全处于弱势，他正在窒息，惊恐，嗓子被什么东西黏住了，呼吸不能。他突然被倒提起来，被打了一下，有人将一些黏稠的液体从他嘴里清除出来，他想呼吸，却发出嚎哭。

等他能睁开眼睛的时候,他发现自己躺在一个透明的箱子里面。箱子顶上有一行标记:

前喻型(单亲亚型)个体编号 4891/1005/0437

这串字体的阴影,投在了他的脸上。周围还有很多类似的箱子。周围的周围……只能说,很大。而且太亮了,太亮了。强光刺激了他的心肺系统扩张,带来第一口呼吸。

两三个大人,来到了箱子外面,一些声音好像是从他们那里发出的:"个体的体检结果已经发送给了监护人。染色体数目正常,关键基因片段的分子结构完好,健康指标都在正常范围,按目前状况预判,只有2%的重疾风险。关于成长类型——前喻型,单亲亚型,请您再次确认。"

某种怀疑攀上心头,眼前这团生命……就是她朝思暮想的……吗?这只是一团粉色的,比手掌大不了多少的,皱皱巴巴的肉。说实在的,太丑陋了,距离她幻想中的可爱的宝贝,以及十八年后大理石大卫的英俊样貌实在是相差太远。她后悔自己太急于工作挣钱了,以至于在人工孕育的十个月里连一次造访的空当都抽不出来,现在被这个孩子的样子吓到。

"你们确认……这就是我定制的那个孩子吗?怎么看着……不像啊……"

"千真万确。他只是还需要成长。"

2

等她再次去到育婴室，这个孩子竟然就比一个月之前大了好多，成长速度令人吃惊，他不再皱皱巴巴黏黏糊糊，他完全健康，可爱，他是个生命，娇嫩得像最里层的花蕊。某种本能仿佛给她打了一针激素似的，她终于相信这是命运的礼物了。她有点犹豫地，颤抖着，接受下来。

"请对着摄像头，照着承诺书这段，朗读。"监护人管理机构的调查员作为见证人，宣布了抚养的合法性。

"我自愿成为'前喻型，单亲亚型'监护人，尽一切能力教导、抚养个体。"母亲庄严地，满含热泪地，宣誓道。

"别忘了从今天开始，您就要登录星历对他进行评价。每年您要在系统中更新监护人执照有效期。"调查员提醒道。他的声音和语气都很像真人，到底是不是，她完全无心，也无法知道。

"欢迎来到这个世界。"人们齐齐转身，对他说。

3

就这样,他被带走,回到另一个小房间。他的第一个记忆就是关于小木床,襁褓和窗帘的颜色对比强烈而奇突,令他焦躁,所以他经常哭,弄得母亲整整一周,一个月,半年,一年……从未睡过一个舒舒服服的整觉。

尿床了。哭了,闹了,饿了。又尿床了,又哭了,又闹了,这一次可能不是饿了……她忙乱到没有时间去细想,或后悔这一份每周七天二十四小时不间断的养育工作。就在母亲快要崩溃的时候,他突然会叫 mama 了。

随着那一声叫唤,他立刻被一双怜悯、慈柔的目光完全笼罩了;他被深情地注视着,被一阵细雨一般的亲吻沐浴着,密密的、凉而软。他非常喜欢这个感觉,于是一连又叫了很多次 mama,mama。

母亲几乎喜极而泣地,在他的星历上,点下了他人生的第一个莱克。

一个悲哀的事实便是,每个个体,从来到这个世界的第一天起,就活在了他人的期待当中。对前喻型个体来说,更是如此。你被期待早日说话,早日走路,早日变聪明变优秀……而期待是没有止境的,所以你永远要继续更符合期待。

这一切都在"星历"中精确地保留下来了。作为每个个体的生活史记录,"星历"以直播日志的方式永恒进行着,在巨大的虚拟社交舞台上,记录着个体与其他人的互动。系统从主观视角和旁观视角记录这个个体的一生。数据在云端保留,任何时候都可以在各种终端上回放。

在星历中,有着你一生的表演,你一生的故事。你每天都面临着被观看,被评价,被亲人、朋友、同事、陌生人打分;你也必须给别人打分。在将来某一天,这些分数,换算为"莱克",某种意义上,这就是你的货币财富。

这是他学到的,关于这个世界的游戏规则,第一条:在一个看不到尽头的舞台上,你得好好表现。

4

在棱镜仪式之前,他的每一天几乎都是这样开始的:母亲用双手将他捞出梦境,帮他穿好衣服,给他吃早餐。为了节省时间,早餐都按营养比例灌装成啫喱状的膏体,他只要吮吸就可以。接着把他放进安全座椅里面,被安全带扣紧。

关门声,引擎声,这两个声音他熟悉了之后,就不再感到惊恐了;他知道,紧接着的是座椅移动起来,速度还会渐渐变快。

母亲坐上驾驶座,开启驾驶系统,放古典乐,接着便把一款自动化妆面罩扣在了脸上。没办法,母亲请不起保姆,只能带着他去上班。而工作的基本要求就包括制服、淡妆、不迟到;母亲丢不起这份工作,这是为数不多的,可以在上午十一点打卡,兼顾照顾孩子的工作之一了。

通勤的道路太熟悉,熟悉到母亲清楚如何设置化妆面罩的程序:第九街到第十四街只适合打粉底,修轮廓;因为人多、弯急,行驶不稳;第十五街适合画眉;第十六、七街适合眼线、睫毛,因为没人、没有红绿灯,路很平。只有一次,一个踩滑板的家伙冲出来,车辆一急刹,面罩将眼线勾到了鬓角;那可真是最糟糕的一天呐。

他茫然看着母亲每次一取下面罩,样子就变化了些,令他糊涂。他糊涂地被抱起来,被带到一个有很多桌椅的房间,那儿灯光强烈;母亲停靠婴儿车,低头对他说一句什么,摸一摸他的头,就离开了。

这是他最讨厌的时刻。

他讨厌母亲离开,讨厌这个有很多桌子、灯光煞白的房间,来来往往都是不认识的大人——高的,矮的,胖的,瘦的——纷纷过来参观他,挑逗他,七嘴八舌,各种气味、声响、触觉,叫他烦躁。一个浑身黑黑的,肩膀方方的大人靠近他,弯腰下来,朝他伸出了手。那块巴掌糙得像鞋底刮过来似的,嘴也很臭——他再也无法忍受了,一嗓子哭嚎了起来。这哭声通常很管用;母亲不得不慌慌张张跑来,把他带到别处去哄哄。

5

母亲把他放在那只塞满了清洁工具的大推车上,推着,穿过长长的回廊,一扇扇相同的门,直至某一扇跟前停了下来。母亲敲门三下,无人应答,推门而入——
一个凌乱的房间迎面而来,母亲径直走到阳台,推开落地窗。

海风袭人,闻上去竟也是蓝色的。晴光在海面洒了一层碎金,几只海鸥,散漫地飘浮在空中,风筝一般,随风起伏。

房间门保持敞开,暖热溽湿的海边空气长驱直入,对流而过。他渐渐开始熟悉这气味在四季的微妙变化,以至于长大后,一到海边,他能像分辨一款香水的前香、尾香那样,分辨出这片海洋的春朗、夏溽、秋清、冬寒;而基调则是腥咸的。

母亲自言自语着什么,然后轻轻打开音响,有时候是威尔第,有时候是肖斯塔科维奇——音乐一起,风入窗,帘子便开始随风跳舞了。

作为资历最老的一名清洁女工,母亲在这座著名的海滨温泉酒店工作十几年了。时间形成巨大惯性,如命运的幕后推手,将打扫清洁这件事,从一份谋生工作,打造为一种习惯,最终研磨成一种冥想仪式。

每一次员工培训,母亲都会被那个浑身黑黑的、肩膀方方的主管请去,为新人做示范。主管是这么称赞的:"请你们认真欣赏组长的动作,仔细观察她的流利、娴熟。最具禅心的手工艺人也不过如此。清洁在组长手中变成一种艺术。"

像外科医生带领实习生参观手术那样,新人们聚集在房间门口,看着母亲示范——先观察门口是否有"禁止打扰"的牌子;若无,请敲门三声,注意轻重急缓;确认房间无人,或可以进入。用脚撑保持房门打开。

拉开窗帘、开窗,换气。

屋内打扫的原则,简要而言是从上至下,从里到外,先湿后干,环形作业。

"请按顺时针清理,这样才能避免遗漏,不放过每个细节。首先铺床,以免扬尘重新落在家具物品上。擦拭的时候,针对不同的平面,分别严格使用干、湿抹布。注意,并非湿透的抹布,而是将抹布淋一点水,揉匀,达到稍微润湿的程度,这样擦拭过后不会留下水痕。但是,清洁灯具、电器时只使用干布。从房间最里处开始吸尘,刷头一律向外,否则地毯上留下的扫痕参差,不规整。收纳同时进行,垃圾一并带出……"母亲一边介绍,一边示范,从她的表情上来看,与其说是在打扫清洁,不如说是在进行冥想,"在我工作的第一年,清洁要求是,房间不可留下一根掉发。一切净面,不可见到一星水痕。如今已经没有这么严格了，但切记，请你们把每一个房间都当成自己的家来打扫。想象着，你最爱的人马上就要来到，你希望给他一个整净的房间。不要将工作看成工作，那样你会觉得很累。你要享受这个过程。

"……对了，一个小小的技巧是，你们可以听自己最喜欢的音乐来进行清洁工作，这样就不难熬了：每换一个房间，就换一首；控制自己在某一乐章的时间内做完一个房间。

"……谢谢，祝各位工作愉快。"

结束示范后，母亲鞠躬。

6

主管一直都在考虑将整个酒店的清洁工作换成机器人作业，为此母亲日夜焦虑，她丢不起这份工作。只要一有机会，她就拼命地向主管暗示："咱们酒店的客人都很挑剔，现在机器人作业的效果，根本不能与经验丰富的工人相比。何况，打扫房间的灵活性、复杂性极高，咱们要订制的机器人不仅昂贵，环境学习期还很长，不划算的……您看我从来没迟到过吧，也从来没有客人投诉过。我帮您算了一笔账，购置机器人的成本可以——"

"别担心，你在这儿很安全，机器人可没有你这么……"主管的声音温柔得极为诡异。一块巴掌随着那声音爬上了她的腰，接着渐渐滑向了她的臀部，蛇一般钻向她的裙子里。巴掌的力度很轻，摩挲着她的皮肤，令她感觉有十万只蜘蛛在双腿之间爬行。这种恶心第一次袭来的时候，她被吓得跳开。如今她已经习惯了。"请您，别……我要去工作了……"她闭上眼，真想撕碎了这巴掌，放一把火烧掉所有的蜘蛛。但她什么也没做。她一闭上眼，就想到旁边的婴儿车里还躺着一个生命，要她负责。

就因为肩负对那个生命的责任，她没有退路，只能忍受。何况，这是她自己选择的。咎由自取。细思极恐的是，何时她开始用"咎由自取"四个字来看待这份养育责任了？

她曾经那么热切，天真，执着地，选择成为前喻型、单亲亚型监护人。

7

四年过去，他和母亲工作环境里的每一样物品都变成了好朋友；所有的杯子、牙刷、床单、窗帘，都是他聊天的对象。

杯子最乖，因为身上有个黄色大笑脸；在学会说话之前，他已经在用自己的语言问杯子：你是被谁造出来的？造你的人征求过你的意见吗？你愿不愿意被做成一只杯子，被带到这个世界上来？就像我一样?

杯子始终笑而不语。

这个问题他也问过阿尔法。阿尔法的回答是:"把你带到这个世界来,没有经过你的同意,对此,我们真的很抱歉。作为补偿的是,你有自由随时申请退出。就好比你拿着免费的赠票,进了一家戏院,发现舞台上的剧情不喜欢,随时可以走。"

他赶紧问:"怎么退出?!"

"把你余生时间捐给其余继续想要留在这个世界中的其他个体即可。类似献血,或捐献器官。你还可以因此得到一笔经济补偿。"

"然后?"

"没有然后了,"阿尔法说,"这是不可逆的选择,所以你必须谨慎。"

"那我现在就退出可以吗?"

"不行。这是个严肃的选择,只有等你成年之后才能做出。人越年轻的时候越冲动,但是,往往活着活着就舍不得了,越老,越不想退出了。"

棱镜仪式以前的他还过于年幼,不足以理解这个世界的第二条游戏规则——虽然在法律上,延长寿命只能通过他人捐赠所得,但在黑市上,寿命交易从来都是公开的秘密。

一些穷人将毫无指望的余生一次性卖掉，换来一大笔莱克币，痛快一番，挥霍殆尽，然后净身出户，退下舞台——也就是离开这个世界。

有的人选择"卖命"，但他们是把换来的财富用于再投资，博一把生存机会；幸运的话，这些破釜沉舟的个体会改变命运，变得富有，他们可以再把寿命买回来，甚至抵达上升通道的另一头——富裕，且近似永生一般地活着。他们不断地从黑市购买时间，延续寿命。他们的衰老速度因为寿命加长而等比例变慢，加上iPS科技（一种利用自体干细胞培育替代器官的技术），他们中不乏120多岁的富人，看起来也只是30岁。

现代医疗改变了人们看待生命的方式，甚至定义生命的方式。但母亲始终对这两类人都抱有浓厚的敌意，她认为这些活法纯粹是作弊。母亲属于大多数——那些没有利用这套潜规则，只是老老实实工作，没有卖命也没有买命，该活多久就活多久的——普通人。

8

参加棱镜仪式的当晚，母亲给他盖上厚厚的被子，还加了一床毛毯。他说会热，母亲说会冷。喝完一杯牛奶，他闭上眼，很快，就进入了梦境——

一路上，月色溶溶，风摇碎桐。他踩着地上的枯叶，专挑那种枯透了的，像薯片一样鼓起来的踩；脚下发出一声声脆响。

进了车，他坐在后座的安全椅内，被母亲仔细地捆紧。

山路如银蛇，蜿蜒盘旋。锐利的车灯将黑夜剖为两半；车窗外，一个邻居小伙伴也坐在父亲的车里，两车刚好并列行驶。

十字路口，红灯前，他们的车都停了下来；小伙伴按下车窗，跟他打招呼："你紧张吗？"

他摇摇头。

绿灯一亮，对方的车先一步启动，看起来自己像是在往后移。这时，他才突然被那句"你紧张吗？"搞得紧张了起来。

棱镜仪式是这个世界独有的一道入门仪式，殿堂悬浮于山顶上，穹顶发光。到了门口，母亲领着他匆匆进去，所有人都不由自主地把脚步放轻，仪式正在连续不断地进行着，很快就要到他了。

他悄悄坐下，手里捏着一片塑料糖纸，紧张地揉着，在安静的座席区发出细微却又刺耳的噪音，母亲瞪了一眼，他就自觉停止了。

轮到他的时候，他深吸一口气，起身，穿过长长过道，向宣礼台走去。

七尊棱镜，呈环形浮动在空中，缓缓旋转着，把他包围了起来。大键琴齐奏，庄严之声，回音朗朗。他站在宣礼台的中央，看见一束月光，从殿堂穹顶中央镂空的圆孔投下，每穿过一尊棱镜，就显现一段绚丽的光谱。

　　这些棱镜分别代表个体的某个特质，分别折射出性别的光谱、种族的光谱、智力的光谱、人格的光谱、性情的光谱等等。

　　七尊棱镜围绕他，缓缓旋转了一轮，所有的色彩——多数是蓝绿色调，混杂了一丝赤、紫——纷纷从光谱上游离出来，如烟幻聚，深浅混合，聚焦到他的身上。

　　他的身体发出一种主调是幽蓝，隐约带绿的光，那颜色最终凝冻在他的虹膜上。

　　阿尔法宣读道："祝贺你，孩子，你是这个宇宙中一个独一无二的个体。你虹膜上的色彩，就是你的'原色'，它包含了你的性别、种族、智力、人格、性情……融合为你。你的原色就像DNA序列一般，是段独一无二的光谱。"

　　回音在厅殿中震荡，阿尔法把语速放慢，继续道："随着你的成长，你会吸收别人的颜色；原色或增强，或褪淡，一切都会变化，潜力是无限的。永远记住：你要尊重其他原色的个体。"

　　阿尔法摸摸他的头："好啦，自己给自己取名是每个个体的基本权利。你想好了吗？"

"想好了，我要给自己取名'苏铁'。"

隐秘的笑声在背后发芽。他一紧张，就把接下来的词儿全忘了——他花了好几年精心挑选这个名字，当晚入睡前，又背了无数遍，生怕自己忘词——

大家好，我想给自己取名"苏铁"。灵感来自 Wood's Cycad，拉丁文 Encephalatos Woodii。在侏罗纪，伍德苏铁是一种非常普遍的、雌雄异体的植物；树形有点像王冠，生长速度很慢，木质坚沉；经过好几次冰河时代，以及二叠末、三叠末、白垩末三次大灭绝，伍德苏铁依然幸存了下来，已成为极为珍稀的树种。到了十九世纪，人们在当时的南非发现了（也许是）宇宙中唯一的一棵雄性苏铁，到了二十世纪，人们克隆了一些它的后代，养在植物园里；但都是雄树。而雌树，一直没有出现。

他果然忘词了。满手冷汗，站在棱镜仪式的焦点，窘迫得不晓得该把自己的胳膊、腿放哪儿。笑声夹杂着掌声，还在他身后泛滥，并没有恶意，只因缺乏理解，所以也没有善意。

苏铁怯生生地回头看母亲——母亲"建议"的名字当然不是"苏铁"，那名字复杂多了，苏铁一直答应得好好的，到了此刻，终于还是变卦了。他眼睁睁看着母亲眉心一皱，从座椅上起身，提前离去，那眼神写满了失望，苏铁再熟悉不过了。他担心母亲发怒，不由得咬着唇，右手撕着左手的指甲皮，拼命镇压双腿发颤。

阿尔法察觉到他的焦虑，低声安慰道："别怕，掌声是每个孩子都有的。而且，你的原色非常稀有。我几乎不记得上一次见到是什么时候了。"阿尔法说完，直起身子，帽檐的阴影也移走了："好了，苏铁，我们'猎游训'再会。下一位——"阿尔法直起身子，朝后面望去。苏铁一转身，看见刚才路上碰到的那个邻居小伙伴正走上前来，俩人错肩而过。

邻居小伙伴大大方方地站到了宣礼台的焦点上，被七尊棱镜环绕着，棱镜升至半空，被月光一一透过，色彩混合，在她身上投射出红色的光芒，凝聚在她的虹膜上。

坐席区掌声如雷。

没等阿尔法提示，她便宣布："我给自己取名'李吉'，灵感来自英文 Rigel。Rigel 是猎户座星宿七的名字。猎户座星宿七，蓝超巨星，光度是太阳的上百万倍。古阿拉伯人最早发现了这颗星，并且命了名，意思是：巨人之足。"

听到这里，苏铁抬起了头。他很喜欢这个名字，决定等李吉回到座位，去问她的星历账号是什么，加个好友。

苏铁的星历中，目前只有 20 来个好友，都还停留在打照面阶段，并不是真的很熟悉。他按照喜欢的食物给好友重新分组，备注绰号，排名严格区分先后：

肉类梯队意味着，很喜欢——比如最好的朋友；
水果梯队意味着，比较喜欢——但之后也许会变到别的梯队；
蔬菜梯队意味着，不喜欢——亲戚（虽然还未见到过），某个混蛋邻居小孩；偶尔地，母亲也被他拉进这个梯队里。

苏铁给李吉备注了一个昵称"里脊"，放进了肉类梯队。等他兴冲冲地在棱镜仪式结束后去找她加好友的时候，李吉一看，便抗议道："我的名字明明来自猎户座星宿七，到你这儿被叫成了肉？连肉都不是，就是一个部位！"

"……里脊定义了什么才是最好吃的'肉'。就算有天我有了牛、羊、龙虾，我还是会最喜欢他们的里脊。"

"你傻吗？龙虾是尾巴好吃。"李吉嘴上这么说，心里却蛮高兴。苏铁与她道了别，各自走向停车场。

母亲在车内坐着，车窗玻璃如一盏画框，一个头颈部分的剪影，微垂着。苏铁倒吸一口气，鼓起勇气，快步走过去，轻轻打开车门，乖乖坐好，用力扯安全带，把自己捆紧。

"Mama，你看见我的原色了吗？你喜欢吗？"苏铁从后视镜里看见自己幽蓝的、带有一丝绿色的眼睛,跟母亲的深棕色完全不同。

母亲没理他,自顾自戳着仪表台上的按钮,动作暴躁;年久失修,车的自动驾驶系统不灵光,传感器故障灯一直闪。母亲一言不发,唇齿间咒了一句什么;从后面看过去,苏铁清晰地发现母亲的腮帮子正咬得一鼓一鼓。这些征兆意味着母亲不高兴,他再熟悉不过了。他再次倒吸一口气,乖乖坐好,把呼吸分成一小截一小截,生怕发出任何一丝声息,引爆母亲的情绪炸弹。

母亲放弃捯饬系统,开始手动驾驶。也许是技术生疏,也许是黑暗,也许是路不熟,也许是因为刚才的仪式——总之母亲脸色不好。

苏铁敏感地捕捉着母亲的情绪,噤若寒蝉,小心翼翼地把手脚都放好,坐端正,每到转弯,就拼命用屁股上的肌肉发力,控制自己不歪倒。

一路安静。他低着头,把灯芯绒裤子表面的纹理数了第三遍了,但还是没有数清楚。

车身猛拐了一个弯,路灯扫射车窗,到家了。就在苏铁给自己解绑的那一刻——

"你自己说,你干了些什么?"母亲的声音像飞镖似的扎过来,"自作主张,为什么不听我的?你生下来就是前喻型个体,你懂吗?意思就是你要听长辈的!你跟那些并喻型、后喻型的不一样,你听长辈的!记住了吗?!"

砰。母亲摔上了车门。好像通过摔打一扇门,才能发泄她对失去控制感的愤怒。

9

苏铁在这里惊醒,梦境像潮水一样迅速退却了。

天光已亮,母亲走进房间的时候,没有梦里的那种愤怒了。苏铁躺在床上不敢起来。他躲在被子里,怯怯地问:"Mama,你还在生我的气吗?"

母亲没说话,拉开红色窗帘,动作不带感情。她的声音很低落,"随便你吧,你想叫什么就叫什么。"她叹了一口气,转过头的时候已经换了一种态度,说:"来看你的生日礼物。来吧,快起床。"

苏铁不敢怠慢,赶紧脱掉睡衣,换好衣服去到客厅,一看,惊呆了,没想到礼物竟然这么大——

四个工人忙碌着,一片一片剥开木箱:是一架棕色的钢琴。桃木琴身,清漆如镜,随着外箱一寸一寸被剥开,苏铁的心一寸寸往下沉。

母亲拿着一块绒布,仔仔细细擦拭着琴身,清漆映出她的脸,母亲兴奋地说，这架琴要花一万莱克，你千万好好学。

一万莱克是多少？苏铁问。

很贵，算是把你十八年的礼物合着一次性送了。母亲笑着说。

工人把木箱拆干净了，露出整座琴身。掀开共鸣箱，六根漂亮的木棍，魔杖长短，并排在列，压住羊绒音锤。工人把它们一一取下来，问：棍子丢哪儿？

母亲说："别丢，留着有用。"

坐上琴凳的第一刻，苏铁小有激动，不停晃脚，母亲塞了一条小凳子在他脚下，他就不敢动了。母亲捉住苏铁的手，一根一根掰成标准的弧形，分开，分别放在不同的琴键上。母亲说："我最喜欢钢琴了，做梦都想听你弹。"

"你喜欢为什么你自己不弹？要我弹？"苏铁话音未落，棍子先落，啪的一声敲在琴凳腿上，苏铁给吓得跳起来，再也不敢多嘴了；这是第一根打断的棍子。

其余五根木棍，有的断在他的手背上，有的断在他腿上；挨打的原因千奇百怪，毫无规律可循，根本避之不及。

不过苏铁最终还是摸索出一个规律：母亲心情不好。

从苏铁四岁起,母亲除了去酒店工作剩下时间就是监督他练琴。钢琴的四周的布光很讲究,加上苏铁长得很可爱,留着一顶蘑菇头,他每次练琴的直播都在星历中创下围观记录,不少陌生观众纷纷打赏,好评不断,母亲把弹幕中掉下来的礼物,换成莱克币,贴补家用。

母亲并不会一直坐在钢琴边,她有时候会打扫卫生,有时候做饭,但耳朵一直是粘在琴声上的。为了避免那棍子落到自己手上,苏铁敏锐地捕捉母亲的脸色,练就成一种天赋:一旦察觉母亲情绪不好,苏铁就万分小心,连呼吸都放轻。

那种时候最好什么都别做,因为不管做什么都是错——除了弹《哥德堡变奏曲》给母亲听。

传说古代有一位伯爵患有严重的偏头痛,请巴赫写了这组曲子,拿给琴师哥德堡每天晚上演奏,作为助眠安神之用。苏铁觉得母亲也像那个伯爵,暴躁,神经质。他不得不很小心地弹,因为一旦弹错,就彻底完蛋了。

常常在他弹琴的时候,其他的小伙伴们都在玩耍,笑声像浪花层层扑来,拍打着苏铁的耳膜,他忍不住一次次停下来,听着那片笑声,想象着大家一起玩耍的画面。对此,母亲心里一清二楚,她会直接关掉星历屏幕,直播画面转为一片黑暗,笑声随之被掐灭。

10

不管天气再冷,母亲每天都在六点起床,先把苏铁的小衣裤加热,然后开始做早饭。六点三十分,母亲准时打开唱机,播放肖斯塔科维奇,最多不过二十个小节,苏铁就肯定会被圆号叫醒。

衣服是热的,白开水也打好了。穿衣服一分钟,叠床半分钟,喝水十秒。白开水不烫,是母亲小心兑了温水的。喝完水,拉伸肌肉、筋骨,进行四十分钟跑步,就在客厅里的跑步机上。

母亲精细地定下日程,把苏铁的每一分钟都安排得整整齐齐的。她忍不住想要控制他每一分钟生命的用途、轨迹,要亲手把他雕刻、塑造成大理石大卫。

跑步的时候母亲会播放新闻。跑完,早餐也就做好了,固定不变的两个鸡蛋,一个面包,一杯牛奶。

那时候苏铁还没到学龄。一想到吃完早餐就要练琴,苏铁就尽量吃得慢一点。太慢也不行,会挨骂。九点,苏铁垫上两个垫子,坐在了钢琴前。

热身总是从练音阶开始。节拍器在头顶上哒哒哒摇摆,不断加快,快到速度每分钟一百二十八拍。在枯燥的练习中,苏铁感觉手底起火,点燃琴键,也烧毁了他对音乐的最后一丝兴趣。回放星历,苏铁的绝大部分画面都是在练琴。铺天盖地的弹幕中落下纷纷赞许，全都来自前喻型家庭的成年监护人，他们的头像都带有一个五角星标记。

没有一个同龄伙伴给他打分，甚至除了李吉都没有小伙伴来看他的星历，仿佛他被同龄人屏蔽了。这令他心里失落极了。

有次苏铁抱怨练完音阶手太烫，全是汗，母亲就发明了一种降温和意志训练一举两得的方式——握冰。左右手各一块球冰，紧紧握住，咬牙坚持，母亲会掐表，看哪次比哪次坚持得久。也没有想到，就连苏铁握冰的直播也创造了一波热潮，更多陌生人关注了他的星历，在弹幕中互相打赌他能坚持多久，争得面红耳赤。

只有李吉一个人在私聊中悄悄问他，你的手，疼吗？

家里一向简朴，却有一只上好的球冰机。苏铁猜测这是母亲买给某人的礼物，期望那人能来家里喝威士忌的时候，不再抱怨没有好冰。

虽然那人从未出现过。

上好的酒要配上好的冰，这种冰块的制作很讲究，水质当然要纯净；而且制冷的过程中，结冻必须是从上至下而成，这样才不会产生气泡；而所有的杂质在结冰过程中被慢慢推到最底部；取出的时候，切掉底部，一块晶莹剔透的，没有气泡和杂质的好冰就做成了。

冰块切成球体，放进酒中，不易融化，这样才能完好地保存酒的味道。不然再好的酒，混上一杯子碎冰，也等于掺了水。

母亲用制造一块上等冰块的原理，精心制定了关于苏铁的一切：什么时候起床，什么时候练琴，什么时候跑步。生活节奏致密如冰块，没有气泡。

11

"如果建筑是凝固着的音乐，那么巴赫就是流淌着的巴别塔。"母亲这么说，却在苏铁脑海里勾勒出一幅古代工地的画面——奴隶主挥着鞭子，抽着苦力的脊背，高喊道："看啊，你是在建造巴别塔啊！多么荣耀的目标，你为什么不奋力运砖呢？"

而苏铁觉得自己像那些目不识丁的苦力，挨着鞭子，根本看不见什么正在建造的巴别塔。他因为厌恶巴赫而记谱困难，不断弹错，把一首精美的复调，活活弹得千疮百孔，面目全非。母亲急得跳脚，拎着苏铁的耳朵，把他提到音响面前，要他对着谱子，一小节一小节地听钢琴家古尔德的录音版。苏铁觉得那琴声弹得就跟数学似的机械，令他恶心。

"怎么就记不住呢？这么明显的对位，声部全是共时的，旋律剥开来不就那几条，每一条都这么独立，这么美！你怎么可能记不住呢？！"母亲把棍子敲得噼里啪啦，随着琴声，与苏铁的耳膜共振着，他紧紧闭上眼，眼前只有一堆乱石，一堆瓦砾，一片遥遥无期的工地，巴赫的音乐已经凝固成了金字塔之坟，在记忆中投下阴影。每弹错一次，手背就挨一棍子，挨到后来，苏铁恼羞成怒，开始故意乱弹。

他知道母亲知道他在故意乱弹。
母亲知道他自己知道要挨打。

如此互虐，两败俱伤，母亲打断了最后一根棍子，气得跌坐在椅子上。愤怒令她除了愤怒之外什么都不能做，一看到时间在一分一秒流失，而自己什么都不能做，苏铁也在趁机浪费时间，她就更加愤怒。

头疼袭来，她揉着太阳穴；紧接着，一阵尖锐的腰疼袭来。她意识到自己刚才坐下时动作太猛，伤到了椎间盘什么的。她心生后怕，工作还需要这副腰椎起码再坚持二十年。每天弯着腰铺床单，打扫地板，多年下来她的腰椎已经脆弱得承担不起最后一根稻草了。她病不起。更换腰椎这样的手术可不是她能负担的，除非去黑市卖命。可卖了命的话，孩子怎么办……一想到此，她心里就烧起了焦虑的野火。为了扑灭这样荒凉无助的火势，她强制自己站起来，仰头，把眼泪咽下去。"不行，你，现在，换衣服，跟我去做个检查。"

12

这不是母亲第一次来到基因超市,却是苏铁的第一次。一进入那座巨大的冰块似的建筑,他就被眼花缭乱的基因模特们吓呆了。他们都那么的……聪明、健康、高大、漂亮……他们长大了不是纳博科夫就是爱因斯坦,从说明书上介绍的潜力来看,他们简直不是人。

母亲怒气冲冲地穿过大厅,直接找了售后部门,要求再次检查。苏铁还没回过神来,取样就已经完成了,头发,血液,上颚上皮细胞。

砰的一声,门一关,母亲跟着实验员进去理论了,而苏铁只能咬着止血棉花,在等候区傻傻坐着。从玻璃门看去,母亲愤怒,手势激烈。

"你们不是说这孩子音乐天赋超常吗?为什么他不肯练琴?为什么连那么简单的谱子都记不住?!你们搞没搞错?!"

主管是个真人,却有着机器人一样的耐心、平静,他说:"牧秋女士,千真万确,请您亲自核对。这孩子的天赋、健康状况,一切都如您所定制的那样。"

"那到底是为什么?!"

"基因说到底是一套菜谱。食材、量、顺序、时间,都规定了,但是每个厨师炒出来的菜却不是一模一样的。这是第一个原因;其次,'真人'的主观意识是动态的,不能绝对化控制的,他有音乐天赋,但有可能是练琴的压力太大了,令他产生强烈的逆反,他就是不愿意练,我们也没有办法……"

"你意思是我的错咯?!"母亲这么一吼,主管立马懂了,他立刻软化口气,"对不起对不起,我没解释清楚。不然您也可以考虑再要一个孩子,我们有新款产品,'义人',外貌可以完全复制真人,但意志上保证完全可控——"

"我才不要什么义人,我就问你!你们给我承诺了这孩子的天赋,现在不能兑现,怎么办!"

"可是他的确有音乐天赋啊……我们……兑现了啊……倒是您,或许……您改变一下教育方式的话……"主管苦着脸解释,像个被放了气的气球,声音越来越小,很快噤声。

客户到底是不能得罪的,也不值得他得罪。见母亲还是怒不可遏,主管赶紧点头哈腰地送上咖啡,两片曲奇;然后他肩膀缩成一团,尴尬地,委屈地,退后坐下,夹着肩膀,不打算再多嘴一个字。

对视五秒钟之后,母亲气得拂袖而去,差点带翻了咖啡。

啪的一声门开了,母亲冲了出来,对苏铁下令道:"走。离开这个鬼地方。你该去散步了。"

13

每天晚上，沿着河边散步半小时，路上的任务是训练苏铁的谈话技巧——母亲规定，路上每见到一台自动贩售机，苏铁就必须自然而然地转换话题；话题要新鲜，入时，语气愉悦；如果母亲表现出没有兴趣，他就必须不露痕迹地继续转换话题，抹去尴尬，不得留白。

有天，散步到河堤的一处断崖，母亲突然站住，命令苏铁："跳下去。"

"为什么？"

"下面是沙滩，伤不了你。"

"我是说为什么要跳？"

"你得锻炼你自己！"

苏铁慢慢靠近断崖，发着抖。他欠着身子往下看，断崖仿佛在生长，越看越觉得高。他不断地在断崖和母亲之间犹豫。母亲没有退让，断崖也没有。苏铁下意识地触摸了一下太阳穴，测试高度8.34米，这时，他看到眼机镜片上弹出星历有了新评论提醒。

看客们饶有兴味地聚集起来了，评论里说什么的都有，有人质疑起前喻型监护人这样做的合法性，也有人维护母亲的出发点。当然，更多的人还是打起了赌。

母亲一把将苏铁的那副眼机摘了下来，将这一场景设定为"私领域"，关闭了对外播放。世界好像突然静了。只剩下母子俩。

"我可以不跳么？"苏铁问。
"必须跳。"

苏铁就这么一直站在那儿。母亲急躁起来，"到底跳不跳？！"
苏铁蹲下，摆起手臂，闭上眼睛，准备跳……又站起来。母亲气得叹气。他不敢看母亲。眼前太高了，实在是太高了……苏铁不断倒吸着气，吸到脑袋胀气发晕。河边的空气是腥臭的，他满腔都是腥臭的热烘烘的空气，感觉头重脚轻，泪水在眼里涨潮。

"不跳是吧。那我走了，你，听着，要么从这里跳下去；要么，就在这儿站一辈子，别回来了。"说完，母亲转身走了，消失在苏铁的视野里。

当然她没有真的走远，她只是退到了树林中，藏起来，专注地盯着苏铁，同样紧张得发抖。她必须这样做。这是她选择做一个前喻型监护人的初衷，她要用自己的人生经验保证孩子走最少的弯路。这个孩子长大后要面临多么凶险的世界，处处都是丛林法则，他必须勇敢，他必须提前勇敢。

看着苏铁站在断崖上像一只迷路的小鹿一样无助,母亲感觉有什么东西撕扯着心脏,但她拼命阻止自己心软。"这是为了他好,"母亲不断自言自语着,"我这是为他好。"

苏铁再次蹲下,再次摆动手臂,再次闭上眼睛,再次准备跳——母亲再次提起一口气,祈祷着……
……然后苏铁再次站起来了。

"跳啊!你倒是跳啊!"母亲自言自语着,心急如焚,在她看来,苏铁像个傻子似的在断崖边不断做下蹲运动。

母亲有两种完全相反的冲动:既想走过去,紧紧抱住那个孩子用力抚摸他;又恨不得拎着他的耳朵,把他拎起来揍一顿,叫他赶紧长出息。

母亲自己都不确认自己走过去会采用哪一种冲动,任何一种都是失败的,于是她干脆转身而去,回了家。

两个小时过去了。苏铁在漆黑的断崖上,一再蹲下,准备跳,又一再站了起来。最后他累得彻底站不起来了,蹲在地上,想哭,但一滴泪都挤不出来。他不知道该不该回去。

脑海里一片空白,唯一的感觉是胳膊腿上发痒,挠了一遍,数了数,大约七个蚊虫咬的包。不对——又挠了一遍,是八个包。

他决定回家。朝断崖上的来路看了看,没人。一片漆黑。苏铁站起来,腿早就蹲麻了,每一步都像踩着针,他就这么一跛一拐地往回走。

母亲在家里同样如坐针毡。她不知道自己待了多久,天色黑浓如墨。一万种后怕瞬间扎满心口,她决定赶紧去断崖边看看怎么回事——就在她拉开门的时刻,苏铁回来了:垂着头,斜着肩膀,双手不断地挠着全身的包。

心之悬石,轰然落地,砸得肠子都疼了。母亲拼命控制住自己不要去抱这个孩子,同时控制住自己别发怒。

苏铁默不作声地进了家门,换了鞋。默不作声地整理着自己的房间,感觉疲惫至极。他换衣服的时候,最终确认身上的包是九个。

苏铁拿起毛巾去洗澡,洗脸,刷牙。出来的时候,头发湿湿的。他对着镜子擦拭,那张脸看上去不太像自己了,他的动作停了下来,没法想象一会儿回到房间要面临什么,于是尽量拖延。

"苏铁。"他听见母亲在隔壁房间叫他的全名,声音很硬。这个迹象不好——苏铁颤着一颗心走过去,死死低着头。母亲拍拍床沿,说:"坐下。"

"知道我为什么这样要求你吗?"

"是为我好。"

"还有呢?"

"取乎其上,得乎其中;取乎其中,得乎其下;取乎其下,则无所得。"

"知道就好。今天你零分。达标了。"

母亲竟然没有责怪自己没跳下去!自己竟然得了零分,而不是负分!苏铁幸福得头晕,同时暗暗用力调整脚底重心,要自己站稳,别哭。通常,零分代表最佳状况,因为这全是苏铁应该的,平时,稍有不慎,例如衣服没有丢进脏衣袋,或者练琴不够专心,就会是负分。

苏铁本以为是劈头盖脸一顿痛骂,一顿暴打也不意外,他就是为了等待那顿暴打而回家的,因为比暴打更糟糕的是——母亲再也不要他了。

在断崖上挠痒的时候,他真的以为母亲不要他了。

轮到苏铁得给母亲评分了。"妈妈今天满分。妈妈是满分的妈妈。妈妈没有丢下我……"苏铁颤着,几乎走了音,带着哭腔,在母亲的星历上点了一串莱克符号。母亲看见了,泪意更深了些。她把眼机夺过来放到了一边去,仿佛不想它干扰这个时刻。她捧着苏铁的脸,凝视着他,听他喃喃地说:"妈妈是世界上最好的妈妈,就因为我,从来没舍得去 iPS 美容,眼睛坏了,头发白了,膝盖、腰椎疼了好久,也舍不得去更换……全都是为了我,为了我节省。"

母亲泪意难忍,她长吁一口气,终于,终于可以扑上去抱住这个孩子了。天知道她克制这个动作多久了……母亲一把揽过苏铁,用力抱紧:"好孩子,要记住,世界上,绝对不会再有人比妈妈更爱你,你总要独自面对一切,没有任何人可以帮到你,你必须勇敢、坚强,知道吗?!"

母亲像摇骰子一样摇着苏铁,摇得他发蒙。

"……为什么不会有人比妈妈更爱我了?"半晌,他才小心地问。

母亲使劲儿喷了一下,又一时不晓得怎么回答,只好说:"你长大就懂了!"

回到自己的房间,苏铁关上灯。

黑暗让苏铁终于可以舒一口气,他拽着被子,捂住脸,回想着今天发生的一切。很多问题同时涌进脑海。他凌乱地思考着,"妈妈……为什么不去 iPS 美容,为什么不买贵的化妆品呢?是为我?可我又不要化妆品啊?还有……为什么我会让她腰疼肩疼?为什么我会让她头发都变白?我没觉得我有让她头发变白的魔法呀……?"

这时候,隔壁房间响起了一阵巴赫平均律。这是母亲助眠的方式。苏铁越想越糊涂,脑子渐渐转不动了。他打了呵欠,嘴里是棉布的味道,被子上留下口水和齿痕。今晚真好——月亮真大,自己不仅得了零分,还没挨打。

14

第二天一早,母亲仿佛昨晚什么事都没发生似的,照例叫他早起,喝水,热身,准备锻炼。母亲开始播放新闻,苏铁在跑步机上一边慢跑,一边听到一则简讯:

今日,泛议会通过进一步深化改革"监护人资格考试"的决议,将在现有的考试内容基础上,增加实习期。

苏铁听到这儿,跑步的速度慢了下来,他扭过头,看到画面上,一个长得像专家一样的家伙正端坐在长桌后面,正在对记者解读着政策:

……是的,所有监护人申请者,包括亲生父母在内,必须按通用标准进行心理学、教育学、营养学方面的训练，考核；经统一测试，合格后，才能进入实习阶段。

专门针对第一次为人父母的申请者，我们会发放一个智能仿真婴儿，实习抚养期一年。此婴儿会产生（包括且不限于）无故哭闹、大小排便、半夜发烧等模拟情形。按照等倍快进的速度，此婴儿会在一年实习期内成长到18岁，使被测者体验婴儿期、童年期、青春期的抚养经验；后台将自动记录被测者的一举一动。

一切肢体暴力、言语侮辱、过分溺爱、推卸责任等情形，都会被记录在案，上传到后台系统评估。

只有综合评估结果达标之后，才能正式获得"监护人资格证"。也就是说，才能有合法资格成为真正的父母……

"胡扯。"母亲在厨房嗤之以鼻，将碗盘摔得很重，"纯粹是狗屁形式主义，他们以为考考试就知道养孩子是怎么一回事吗，一帮蠢货……"她骂骂咧咧地，切换了频道，电屏中又传来巴赫平均律。

"本来就该这样啊……"苏铁一边跑，一边嘀咕起来，"教师有教师资格证，律师有律师执照；做医生、厨师，连开出租车、开餐馆都要有执照，为什么，做父母，这么大的事，却连学都不用学，就可以做？！"

"你说什么？！"母亲突然从厨房冒出来，喝道。

"我说,针对我们的考试已经够多了。最该考试的,是你们。"苏铁几乎是在用气流说话,小声地抗议。

母亲哐当一声撂下了碗筷,转身冲到了卧室,等她出来的时候,她取出监护人执照芯片,投影到苏铁的眼机屏幕上,《幼儿心理学》《社会心理学》《认知神经学》《情绪管理》《基础营养学》《家庭医生》……无数参考资料目录,下拉拉不到头。

"看见没?你不服,你自己去考一下试试?为了你,我苦读了多久你知不知道?"

苏铁有点被吓到了。他无言以对,他这辈子活到现在还没见过这么多的书。

很多年后,他读了更多的书,才能理解为什么一个心理学家可以写了无数本关于亲密关系的研究专著,自己却婚姻失败;一个语言学家通晓所有语言的奥秘,却依然孑然一身。

人类的落后性在于,道理他们都懂,但都止步于懂。

15

几年下来,苏铁的星历中几乎全都是流利的钢琴演奏、素描绘画、击剑、国际象棋……就连散步的时候,每遇到一个自动贩售机,话题转换也愈发自然;每次跳下断崖,还可以一分钟内跑步绕上来再跳一次;就连捏冰的时间都比去年多了三十秒。但这些花样儿都太重复了,星历上的围观者越来越少,评论中无外乎留下一些零零星星的点赞。

也有人留言"这孩子挺可怜的",但都被母亲屏蔽了,苏铁看不到。

母亲越来越坚信这样是对的了——苏铁正在结晶一般成长,质地紧致、纯净,越来越完美,越来越"更"完美。每个孩子都是独一无二的,有些孩子则"更"独一无二一些,比如,自己的孩子。

到了快满七岁那一年,苏铁终于确认,他一直在让母亲失望。他已经尽力了,但无论怎么都满足不了母亲的目标,因为那目标是浮动的,永远在升高。他弹音阶的速度刚刚达到了每分钟一百二十八拍,母亲就把节拍器调到了一百三十二拍;他刚刚搞定了肖邦,母亲马上要他弹李斯特。

但这都不算什么,最后让苏铁彻底灰心的,恰好是李吉。在母亲的参照系中,李吉代表一个浮动着的最高水准。无论什么事,母亲总喜欢说:"你看看人家李吉!从来没人管,都这么优秀,你再看看你自己!"

苏铁压着下巴,在心里默数,这是第八百三十二次。

他发誓,听到第一千次的时候,就去找阿尔法,不管用什么方式,捐赠寿命也好还是怎么也好,他都要和李吉交换命运。如果不行,那就提前退出这个世界。

这可是阿尔法许诺过的。

16

来到这个世界,也不是李吉的选择。命运安排她降临的那一天,下午四点,日月正在金牛星座齐辉,窗外阳光灿烂。命运也顺便注定了,她是作为并喻型、泛亲亚型个体来到这个世界的。四对监护人,分别贡献了自己最引以为傲的一段基因序列,创造了四个后代,其中一个便是李吉。

按照"并喻型"家庭协议,四对监护人的作用仅仅是在孩子们成年之前,提供必要的生活支持,比如衣食住行。长辈们不得越权,不得将自己的道德、经验或意志,强加在后代身上。而晚辈们则在同龄人的陪伴中成长,包括并不限于兄弟姊妹、同学、朋友。

并喻型成长个体意味着,他们的生活经验、人生智慧、价值观,都是在同辈人之间习得的,而不是仰仗长辈的灌输和教导。对于这样的命运安排,李吉一直很满意。如果跟其中一对父母吵架了,不开心了，或者仅仅是住腻了，她可以随时换一个家庭去住。气消了，再回去，也可以不回去——视她的心情而定，其他孩子也是。反正他们有四对父母，八个监护人，ABCD四个家庭，随意选择。

李吉发现，如果其中一个监护人更受孩子们欢迎，其他监护人莫名其妙会有一种或嫉妒或艳羡的心理，会不自觉地学习那位监护人的处事方式，以求跟孩子们愉快共处；当然，做不到也就算了，反正孩子们可以去别家待着。

哦对了，四个孩子都不喜欢被称作"孩子"，他们之间互称"孢子"，毕竟听上去酷一些，起码像个乐队。

苏铁经常问李吉"最"喜欢哪个家，而她说不上来。在李吉的世界里永远没有"最"。没有最喜欢的乐队，说不上最喜欢的食物，也不存在最喜欢的颜色——她都喜欢。太多了。

非要说的话，她更"习惯"C家一些。来到这个世界的第一个晚上，李吉便就近入住C家的。当时她那么小，搬家不方便，所以其他ABD三对监护人轮流来照顾。

"为什么？说到底为什么你习惯C家？"苏铁问。

"因为我最好的朋友都在C家附近啊。包括你。"李吉把玩着屏幕上的一套虚拟积木玩具，嘴上说得很自然，令苏铁心里温软了一寸，"妈妈C可喜欢你了！你记得她吧？棱镜仪式上你们还见过的。"

苏铁点头。不仅见过,甚至在星历上,苏铁和妈妈C还是"好友"。妈妈C的职场角色是老师,为人热络、细心,她的直播课堂人满为患,线上线下的学生都很喜欢她,打赏点赞无数,经常看见她的主页上,莱克币像下雨似的落。妈妈C的收入也很不错。爸爸C也是教师,但似乎没有妈妈C那么受欢迎,收入少一些。总的来说俩人一起分担家务,感情很不错,当然也吵架。

好在李吉无需忍受他们吵架。

他们一吵,李吉就去洗手间,坐在马桶上看书。有时候把头埋进水池里,不让自己听见;如果一口气闷尽,大人们还没吵完,李吉就换一家去居住。这没什么好难的,难处在于,搬家的话,她时不时要跟苏铁暂别。

17

难得一个早早练完了琴,可以出来玩耍的傍晚,天空远处是一片紫色,散发着雨的气息。苏铁和李吉无所事事地吃着薯片,蹲在草地上看蚂蚁搬运一块硬糖。一想到晚上回去还要学英语,苏铁心里就烦,他忍不住问:"你到底是怎么学会四种语言的?!"

"没学过啊。我们家里就说四种语言,我也不知道怎么,说着说着就会了,一开始挺糊涂的,其实。"李吉用小棍挑逗着蚁群,扰乱它们的路线，轻轻松松地说。此刻苏铁心里浮起一种伤感的、无力的感觉，他黯然地看着李吉的眼睛。在棱镜仪式上，李吉的种族光谱极为丰富，颜色如虹，美妙极了。混血基因令她生来就格外漂亮，整个人带有一种明朗的、快乐的气场，自我感觉良好，相形之下，苏铁觉得自己就像她身后的一小块阴影。

会讲这么多语言当然跟成长经历有关。假期一到，李吉就会跑到A家去住，待上整个夏天。妈妈A从来不干涉孩子们干什么，每天，李吉都可以尽情地睡懒觉，一直睡到自然醒，直到夏日中午的炎阳把屁股晒烫。

A家有专门的营养厨师，在厨师的星历中，与做菜相关的直播极受欢迎，五百六十万观众的好评带来了他的大部分收入。李吉在A家吃过的每一餐都是新花样，每个盘子端出来都是艺术品，弄得李吉一度根本舍不得下嘴。

至于爸爸A，他是大公司CEO，事业成功，但回到家里，无论是丈夫的角色还是爸爸的角色，他都极为敷衍，冷漠，话少，连吵架都无法进行，因为他不关心。李吉对他了解很少，通常地，她习惯性给爸爸A打零分，这意味着不好，不坏；反正爸爸A也不在意家人的评价，光靠来自员工的评价，他就足够过得很优越了。

在A家的日子闲散到极点，每天吃完早午餐，把盘子交给管家，李吉就戴上VR装具，尽情玩游戏。

苏铁想到那个画面，羡慕地说："那你应该最喜欢 A 家才对啊。"

"怎么说呢，有时候妈妈 A 太……'好'了，好过头。你打游戏，她会亲自不停地端来甜点、水果，我真的快被喂成猪了。"

一到悠长假期，李吉在美食的环绕下，每天打游戏打得天昏地暗，真正是天昏地暗。直到有一次，她正在跟孢子们连线酣战，直播画面上，一个孢子突然发了条弹幕："你的脸是……肿了么？"

其他两个孢子也跟着起哄嘲笑，弹幕中一片"哈哈哈哈"铺天盖地，嘲笑她胖了。李吉感觉奇耻大辱，当即摘下 VR 头盔，晕得几乎站不稳，头重脚轻地跑去卫生间上称，体重飙升了七公斤。她后悔得嚎啕大哭，决心再也不在 A 家待着自我放纵了。

当然李吉不能长期待在 A 家最主要的原因还是，那儿离 C 家很远，她很想念朋友们，包括苏铁；二来，猎游训就快到了，李吉很想要好好表现，被选入奥德赛号。

"你以后想去奥德赛号上学？！"苏铁有些吃惊。

"难道你不想吗？！"

苏铁低头，说："……不知道。妈妈总说，我再不好好努力，别说奥德赛号，就连象牙塔都不见得录取我。"

"啊？你妈妈怎么能跟你说这种话？！"李吉大吃一惊。

苏铁心想，这算什么……但他站起来踢了一脚石子儿，没回答。

"你很棒，你相信你自己，肯定能被选上的。猎游训的时候，我们一起，肯定能被选上。"

"不说这个了。我还没问完呢，你第二喜欢的是谁家？"

"D家。D家监护人是两个妈妈，她们的职业角色都是冒险家，住在一艘船屋里，签订了无期限婚姻契约。"

"全世界不也就只有六对伴侣有无期限婚约吗？"苏铁问。

李吉耸耸肩，"对啊，她们就是其中一对啊！她们的星历观众有三千二百万！直播一场跟鲸鲨游泳啥的，就赚够一个月的了；不过她俩生活很简单，最大的开销是卫星通信的租金，用来联网。"

"那你为什么没有一直跟她们住？"苏铁问。

"别提了。前年夏天，我们把船屋开到了西三区海域，妈妈D1上岸去超市采购补给品了，妈妈D2想潜水。那天我有点感冒，鼻塞，耳膜无法平衡水压，没法潜水，于是就把船开到了近海。妈妈D2就自己去潜水啦，我在甲板上晒日光浴，插了鱼竿，海钓。结果鱼呢，半天都没钓上来，无聊嘛，感冒药上来又犯困，我就睡着了，醒来后，全身都被严重晒伤。严重发红，奇痒，起泡，脱皮，真是难受疯了。"

"然后呢。"

"然后妈妈D1从超市回来，一见我，红得跟剥了皮的三文鱼似的，气得跟妈妈 D2 大吵一架，互相指责，说没有照顾好我，吵得当即就要撕毁婚姻契约；我可郁闷了，一边忍着痛，一边劝她俩消停。但你知道吗，"李吉贼贼地笑着，"她俩吵架的时候忘了设置私领域，结果在星历上，全都直播出去了……好多人看热闹！丢脸死了，我红扑扑的一团肉，跟条三文鱼似的瘫在甲板上。"

"她们受到什么影响了么？观众减少之类的？"

"恰恰相反！我也想不明白，大概观众觉得这样更真实吧，无期限婚约，听上去太不现实了，像是作秀。她俩挺会危机公关的，吵完还给做了一个婚姻危机示范课，变成搞笑直播。"

"之后你还回过船屋吗？"

"没有了……超惨啊，从那次晒伤起，我就得了紫外线过敏症，只要稍微一晒，就发红，脱皮；我再也不能游泳，潜水啦，冲浪啦之类的。"

苏铁舔了一口冰淇淋，"那你为什么不去更换皮肤？爸爸 A 那么富裕，资助手术费肯定是小菜一碟啊。"

李吉说："问题不在于更换皮肤；紫外线过敏是免疫系统触发的，更换皮肤是没用的，只要有紫外线，我无论换多少次皮肤，都会过敏。"

"好吧，那 B 家呢？"

"……我不喜欢他们，好像就没人喜欢他们。基本上没人关注他们的星历，更没有赞赏。所以他们……挺穷的。但爸爸 B1 真的，很博学，很博学。他是乐团的提琴手，若不是为了混饭吃，他只想研究哲学。他一直提醒我，保持提问，保持提问，尤其要问那些，你习以为常的问题，一件事情越被视作平常，本质就越不平常。"

李吉说到这里，声音暗淡了些，低头道，"他跟爸爸 B2 两人常年分居，开放婚约关系。我很小的时候，爸爸 B2 就决定退出这个世界了。他说他早就尝尽了人之所活的全部可能性，再没什么事能让他提起兴趣了。他将余生寿命三十七年全都变卖了，换了一大笔财富，分三份，一份捐赠给艺术基金会；一份留作我的教育信托；一份留给爸爸 B1，资助他从乐团辞职，全身心研究哲学。"

"接着呢？"

"接着他就退出这个世界了啊！"

"退出这个世界是去了哪儿？"

"我怎么知道？宇宙那么大，可能去别的世界了吧。他走后，我的生日礼物就只有七份了。"

"'只有'七份？"苏铁酸酸地，"我连一份都没有。"

"怎么可能？你妈妈不是还送你钢琴吗？"

"……钢琴？那是她想要的。去年生日，我说我想要一只智能宠物，我妈说太贵，不允许，没买。但今年我已经不想要了。今年生日，我就想要一天不用练琴，妈妈已经允许了。"

18

第二天是大扫除日。下午,苏铁正跟在擦地机器人后边儿,把它没擦干净的角落补上,突然听到母亲在客厅大叫一声:"苏——铁——"

他吓得一哆嗦,不知道发生什么了。猛地站起来,撞到了桌子角,疼得眼前一黑。他扶住桌角,稳住身体,定定神,才走到客厅去。

母亲拿着一只刚刚拆开的快递盒子,里面是一只小天竺鼠,它还未被激活,像标本那样静止不动,眼睛也没有神采。智宠?!苏铁曾经在星历上转发过它的照片儿,但它太贵了,苏铁连想都不敢想。

"哪儿来的?!"母亲问。

"我,我不知道。"

"不知道?!我的账户前几天才被盗刷了几千莱克,我还纳闷儿,赶紧去挂失冻结;搞半天是你?"母亲盛怒,把望远镜往苏铁身上一砸,苏铁一躲,天竺鼠被砸到地上,四脚朝天。

"我没盗刷你的账户。"苏铁咬着嘴唇。

"没盗刷?那这是哪儿来的?"

"可能是李吉送我的。"

"可能?!李吉怎么可能送你这个?!"

"我生日想要一只智宠,我说过的。可是你不许。李吉就想送我一个。"说完,苏铁心虚得慌。会是李吉吗?她真的对自己这么好吗?他不知道。

"你当我傻吗?这么小就联合起来撒谎!……你给我等着。"母亲把盒子一扔,然后转身找东西。

棍子没找到,因为都被打断了。替代品被找到了,一只衣架。一端在母亲的手里,另一端在苏铁的眼前,中间的像个问号,苏铁心里也有很多问号。"我真的没有盗刷你的账户。"苏铁看着母亲的眼睛,认认真真地说。

"我密码就只跟你说过,你还想赖谁?"母亲扬起衣架,转身就抽了苏铁的胳膊,然后是背、腿。她抽得根本停不下来,直到体力透支,一阵锐利的腰疼袭来,击垮了她。她撑着腰部,倒下去,陷在沙发上,根本爬不起来。疼痛搅拌着无助,怒与辱的激流,每天上班都要忍受的蜘蛛爬满大腿的恶心感,齐齐冲刷心脏。她忍不住想哭,被打断了的衣架从手里滑落,掉落在地上。

苏铁心想:"挨揍的是我,你哭个什么?"他像一根木桩那样立着,一动不动,咬牙切齿,咬到腮帮子发酸,肿胀。

不知站了多久,脸上的泪水干涸了,留下一层盐分,皮肤变得很绷很干,仿佛一块块皲裂正在像鱼鳞似的翻起。

"你还好么?"他像个大人一样,问母亲。

母亲没说话,只是费力地深呼吸着,不时发出叹息。他站在母亲的叹息里,感到荒凉的海浪一阵一阵拍打着他。

关房间门的时候,他回头看了一眼:母亲还躺在沙发上,撑着腰,闭着眼,仿佛……不打算再醒来,不打算再面对明天了似的,他听见她自言自语着:"我真是一念之差,一念之差,要了你。"

19

不知道睡了多久,苏铁被一阵动静惊醒,但又没法立刻彻底清醒,模糊中感觉有一个人影坐到了床边来。

是母亲。

苏铁死死闭着眼睛装睡。母亲侧身坐到床边,伸手一遍遍抚摸他的头,掖了掖他的被子。

"虽然妈妈是一念之差,要了你……但妈妈依然爱你,你是妈妈唯一的盼头……妈妈全部希望就在你身上……"独白持续到天亮,母亲终于起身走了,而苏铁满怀希望地睁开眼——发现自己没能交换——

自己还是自己,没变成李吉。苏铁一头扎回被窝,坠回梦的边境线，追上了阿尔法。阿尔法正在消失，身影越来越淡，马上就要抓不住了。苏铁几乎是扑上去，扯着阿尔法的袍子，问："为什么我不能像李吉那样，为什么？！"

"原生家庭，成长类型，这些都由不得你选择。"阿尔法说。

"我再也不想做她的孩子了。我要退出这个世界。"

"你还太小，申请退出，要等你成年才行。"

"全是骗子！！"苏铁在梦的边境上大吼，但四下一片荒芜，阿尔法消失了。天色破晓。苏铁大叫着醒来，枕头上分不清是眼泪还是汗水。

透过红窗帘，清晨看上去像一片被稀释的血泊。窗外，扫地车嗡嗡地正在路过。母亲已经去工作了，屋子里，一个人也没有。

20

每天醒来第一件事，就是下意识地戴上眼机。

"礼物喜不喜欢？"李吉发来一大串笑脸，从虚拟屏幕上跳出来。苏铁还赖在被窝里，实在不知道怎么回复。智宠已经摔坏了。一想到它在地板上四脚朝天的样子，苏铁索性摘下眼机，起身去洗脸。

餐桌上的早餐还是牛奶、鸡蛋，但比平时多了一份水果沙拉。苏铁感觉头疼，没睡好，想起昨晚一些事，很是不开心。他磨磨蹭蹭地去洗脸、刷牙、上厕所,坐在餐桌前,为了拖延时间不去练琴,他一勺一勺搅动牛奶,却不喝,仿佛想把早餐吃成永远。

母亲正在酒店打扫房间。腰疼比昨晚好些了,只要她时不时就直起腰休息一下,还能坚持。房间的电屏上放着一场音乐会。窗外是晴空下的海面。每次直起腰,她望着那一望无际的,跃动着的银色海面,便忍不住想到人生的另一种可能性。如果她当初没选择要苏铁……弹奏这首小夜曲的或许就是她自己了。

眼机发出蜂鸣声,来电打断了她的畅想。她碰了一下太阳穴,接通,对方说:"尊敬的牧秋女士,个体账户安全管理局回复您之前提交的可疑支出查询。那一笔3400莱克是保险公司自动扣除年费,具体信息发到了您的邮箱。您的账户依然安全,如需解冻请按提示进行指纹操作。"她听完这段自动回复,有些出神。

她意识到自己可能犯了错。但某种脸面上的东西,叫她挂不住。她不想失去这份权威。母亲第一时间打开苏铁的星历,指纹通过"监护人特许渠道",调取了家里的摄像头。钢琴上的,客厅的,床头的。切换了好几个摄像头,才找到苏铁。

画面上,母亲看见苏铁还在磨蹭早饭,一粒一粒玩麦片。没有练琴。出于刚才的愧疚,这次她没有立刻火冒三丈。她给苏铁打去一个视频电话,就通过客厅里的电屏。

"在吃饭吗？"

"嗯。"

"乖噢，吃完好好练琴。妈妈爱你。"

"嗯。"

"还有，妈妈，向你道歉。妈妈昨天，心情不好。妈妈相信你，你是好孩子。"

苏铁嗯了一下，关掉了电屏。他瞪着一盘狼藉的早餐，又狠狠地瞪着钢琴，决心打死也不练了。出于无聊，他开始翻箱倒柜。从柜子最顶层，到抽屉，到厨房。他不知道自己要找什么，他想查阅关于母亲的一切。母亲的星历对他完全关闭，除了一些亲子画面，他什么也看不到。

就在苏铁一无所获的时候，他发现了一只郑重其事的盒子。里面有一枚小小的芯片，苏铁将它与眼机接口靠近，眼前的虚拟屏幕赫然读取出了"监护人执照（前喻型／单亲亚型）"字样。

第一页上是母亲的照片，年轻得叫他吃惊。

第二页写着"目录"。苏铁一行一行浏览下去，分别是：

* 监护人个人档案
* 监护人资格笔试

*监护人资格面试

*监护人资格年审

他触控操作,点开档案那一行目录,出现一系列文件夹资料:身份信息啦,文化背景啦,基因报告啦,等等。他没什么兴趣,继续往下看,笔试文件夹。打开,七项考试科目,点开都是不同科目的试题,从心理学到营养学,看上去复杂而枯燥,苏铁飞快地略过题目,在结论部分发现母亲的笔试分数很高。

苏铁点击面试文件夹。

画面上,母亲——年轻得差点没认出来——正坐在一个纯白的房间,面对一面电屏,进行访谈。苏铁点击播放,并且调大了音量。

您目前的职业是?

酒店清洁工。

您现在处于婚姻契约有效期吗?

正在协议解除契约。

请问为什么解除?

这个必须说吗?

我们希望您尽可能提供详尽信息,否则这将影响您的面试成果,进而影响监护人资格执照的获取。

视频上,母亲艰难地沉默着。电屏则一声不响,仿佛丝毫不被她的为难打败。

两个月前,我照例去酒店上班。推开一间客房,很乱。床单……很皱,气味很糟。星星点点的污渍。脏的安全套黏在垃圾桶口。我看见几件非常熟悉的夹克、裤子、袜子;连旁边的箱子、手表、领带,都是丈夫的,我都认得。

不认得的是,另外的内裤、胸衣、丝袜。

屏幕上,母亲眼睛发红。她在激烈地克制自己。电屏安安静静,似乎在鼓励她继续。母亲低头,擦了眼睛,继续道:

三天后,他回家,我问他,那样的情况有多少次了。他就跟我吵了起来。我很累,不想吵,只想弹琴。他不让。他砸下琴盖,就这样:梆地一下,把我的手指……全压断了。疼得我几乎休克。他捂住我的嘴,不让我呼救。我的手……伤了,没法反抗。他像野兽一样吼叫。说绝对不允许世界上有比他更天才的人出现。

您能简单叙述您与该伴侣的关系过程吗?

你们不是都能在星历上查阅个体的生活史吗?为什么还要

我浪费时间重复？

请您冷静。第一，查询是终极系统的行为，我们只负责监护人资格执照考核。第二，从您的主观叙事中，我们更能采集性格细节，便于全面考核个体。

又是一长段沉默，沉默到苏铁一度认为眼机的数据读取出了问题。他摘下，轻轻晃了晃，又戴上，好在又过了一会儿，虚拟屏幕上，母亲重新抬起了头，继续道：

……从小，我一直非常热爱音乐，但家庭条件不允许。我一直都在打工，自学作曲，还想要买一台钢琴。

第一次去那人家里打扫卫生的时候……很简单，床，桌子，很新，全是灰，一看就几乎没人住。有一台钢琴。他是个钢琴演奏家。常年四处旅行演出。每次回来之前，家里积灰很严重，需要打扫。我打扫的时候，他就弹琴。我很爱听。时间长了，彼此熟悉。他对我放心，给了我钥匙，说以后每次演出结束回家之前，让我提前去打扫干净。

有次我在擦拭琴身，忍不住很想碰一碰琴键。接着我就控制不住了，弹了起来，我不识谱，全是凭听他弹的记忆来模仿的。等我发现的时候，他已经站在门口听了很久了。我被抓了现行，但他没责怪我，他说，你真是个天才。

接着我被允许弹琴。我在钢琴上作曲,他惊呼那些作品很棒。就这样持续了几年,他将所有的电影配乐作曲都交给我,自己则出去社交,表演,名气越来越大。

我要求署名……但他不允许。那些作品全都变成他的,而我只是一个保姆。他的清洁工。我决定离开他。这让他慌了。但他很狡猾,一方面说他爱我,另一方面想和我签订婚约。他用他的名气,我用我的作品,一起合作。我们稀里糊涂签订了两年婚姻契约。

那时候我们已经有了孩子。我一心盼着我们齐心协力,一起培养孩子长大成为音乐家……但……他并不这么想。后来就发生了,我在酒店撞见的事——我们打了起来,我的手指被他压断,再也不能弹琴,我控告他人身伤害。请律师也需要钱,耗时耗力。我实在……我想,还不如把这一切花在孩子身上。

您和丈夫的那个孩子呢?

打起来的时候……流产了,官壁撕裂,不能再……生育。可以不用再说了吗……这一段。

您清楚前喻型、单亲亚型监护人的责任与义务?包括难度?

清楚。

我们很好奇,您为什么不选择泛亲家庭,或者并喻文化家庭?显然那样您的负担更轻。

我就是很想有个孩子,我一个人的孩子,全心全意培养他成为音乐家,有错吗?!

突然传来指纹开门锁的声音。

苏铁一惊,不小心把电纸摔碎了。是母亲吗?还好他已经反锁了房门,多得几秒时间。他飞快地把电纸一藏,然后去开门。

你为什么突然把门反锁?母亲放下超市购物袋,迎面就问。
我……害怕……
害怕什么?!
怕小偷……
你练琴了吗?母亲漫不经心地,换拖鞋。
练了。苏铁回答。

母亲一手放下拖鞋,一手盖了他一个耳光。苏铁顿时眼冒金星,感觉脸颊是被一柄烙铁给刮了。

再问你一遍,练琴了吗?
……

练了吗?!

练了。

又一个耳光刮了下来:"你以为我没在家,就不能看见你吗?!我一直都在看着你!你还敢撒谎?!"

苏铁瞥见钢琴上方的摄像头、书柜上方的摄像头。眼机、笔记本上也有。自己怎么这么粗心呢。光想到锁门,忘了摄像头。苏铁头皮发麻——不是自责于撒谎,而自责于谎没撒好。

客厅的桌上还摆着一堆早餐,盘子里的东西被玩儿得不成样子,却没吃。这孩子根本连饭都没吃,就只顾着玩儿。这怎么行呢。他有那么长的一生在等着他,多凶险的一生在等着他,可他还在玩儿。母亲两脚就把苏铁踹进了房间,她抬起手想打,但镜子里,她自己也被自己的愤怒样子吓了一跳。她举着的手定格了,接着像没电了似的垂落下来。苏铁趁机抱着头躲到了墙角,蜷缩在床头柜角落,哭泣着。

母亲摔上了门,跌坐在沙发上喘气。盛怒让她疲惫。过了很久,很久,母亲平静了下来,打算走进房间去看看苏铁。她刚刚触到门把手,撞见苏铁推门而出,神神叨叨地走向客厅,坐在了琴凳上。

苏铁坐正,挺着脊背,好像要准备开始练琴似的,缓缓掀开琴盖。在母亲的注视下,他突然发力,左手狠狠扣上琴盖,扣在了自己的右手上。

母亲尖叫着扑上去。琴盖的清漆上，镜子一般，照见苏铁扭曲的脸。

21

抢救室的灯光一片惨白。苏铁静静躺在那儿，母亲则在隔壁与医生交谈。医生仅仅是对着屏幕，冷静地将系统提供的方案复述了一遍："以干细胞培育自体再生肌腱，神经纤维，手术，全程采用 Da Vinci 操作。费用约四百三十万莱克。这是最佳方案；还有稍微便宜一些的……您要自己看么？"

医生将报价详单投影出来，连同相应的风险分析报告，母亲焦虑地咬着嘴唇，茫然，无助地，胡乱浏览着。很快她看不下去了。太长了，太复杂了。她移开了目光，起身，走到窗边，盯着医院楼下的岗亭。

"就选最贵的，风险最低的方案。"母亲的背影说。

"好的，那付款手段，您是……？"

"一次性支付。"

22

这不是母亲第一次来这儿。下城区的街道,逼仄得像刀刃,将高楼切成一栋一栋。各种高架路和广告牌密密匝匝,混乱地交织,几乎把天空堵塞了。第15街22号,母亲走到一扇没有任何标记的门前,凑上了眼睛。一道光扫描了她的面部,尤其是虹膜。

一个声音回应了她:"懂规矩么?"

母亲凑上前,"懂。"

这不是她第一次来到这儿。过去在她被腰背疼痛折磨得受不了的时候,她不止一次徘徊在黑市门口,幻想着卖掉一小部分寿命去做个手术,把该死的腰肌腰椎统统换掉,换来更有质量,更健康的生活。但她还是没舍得。要花钱的地方还很多,她必须未雨绸缪。

无论,无论发生什么,她都绝对,绝对不会让苏铁受一点委屈。没有什么是她不能给的。如果有,她就来这里排队。

眼前的金属门打开了,母亲侧身进去,没有犹豫。一个没有面孔的机器人接待了她。她被带到一个黑暗的房间。一些指示灯在流动一般闪烁着。四周好像都是服务器。强大的冷气正在提供循环降温,空间内弥漫着一种机房特有的气味。

"请坐。"那机器人显得颇有礼貌。母亲脑海里想象的,被绑在椅上、被麻醉、被无影灯照射等等痛苦过程,全都没有发生。

机器人说"请坐"之后,便盯着她。有那么几秒钟,谁也没动作,她迷惑了一阵。

机器人又问:"您不是懂规矩吗?"

母亲这才反应过来。她赶紧摘下眼机,接受扫描,然后走了进去。系统开始一次次要求她交出各种数字密码、生物密码,她乖乖照做了。

最后一次输入之前,机器人那边操作了一些什么,问道:"十年?"

母亲点头,"对,十年。"

"可以了,谢谢。"机器人将眼机还给她,接着,走到她背后。没有命令,但母亲下意识地站了起来。机器人挪开了椅子。某种奇怪的默契中,母亲已经被送到了出口。"再见。"机器人说完,门便关上了。

母亲有种上当的恐慌,怎么没有当面核对一下?她本能地拍门,但显然是徒劳的。金属门冰冷得可怕。某种惊慌之中,她迅速戴上眼机——点开星历,寿命跨度从八十五周年已经缩短为七十五周年。而当天的星历记录中,她来这里的这些场景,全都不见了。无法回放。

她又点开了个人账户。的确多了五百万莱克。她长吁一口气。

才……五百万莱克。某种哀伤袭上心头。命真贱呐。她深呼吸，抬起头，发现墙面上连门都没有留下，什么都看不出来。这只不过是下城区一条再普通不过的陋巷，一个虚拟的镜像入口。

母亲依然担心着上当，她立刻赶回医院，预约手术。缴费的时候她的心都提到了嗓子眼儿，但一切顺利。窗口内机器人带着礼貌而僵硬的人造笑容，流畅地操作着。那五百万莱克是真的。她没有被骗。某个瞬间母亲甚至冒出一种赚到了的快感。原来倒卖寿命如此轻易……难怪这么多人……

"现在，我也是卖过命的人了呢。"她这么想着，手续已经办完了。

23

培育移植肌体花了几个月。每天，医院都发来进展报告，安抚他们少安勿躁，一切都在顺利进行当中。

随着手术临近，母亲已经连续几个星期没睡好觉了。手术前一晚，母亲一宿未眠，早上脑子很木，全身像被灌了蜡似的发僵。苏铁已经被消毒，麻醉，躺平了。

她焦虑地等候在外面，眼看着主刀医生，赤脚，哼着小曲儿，轻快地走向手术室。那样子随意得就像下楼拿一盒外卖。母亲忍不住拦上他，问："您……您……赤着脚就这么进去了？袜子都不穿？您……消毒了么？"

医生冷漠地看了她一眼，说："穿袜子影响传感器。我的脚皮都嫌厚呢还袜子……"医生用失业危机的口气，自嘲道，"放心，Da Vinci 绝无颤抖。过不了多久，你连我这样的'赤脚医生'都看不到了。"

手术室内，一座机器庞然伫立，机身印着"Da Vinci"字样，十几条机械臂连同无数监控、感应器，占据了整个房间。

护士们七手八脚，一边进行最后的调试，一边闲谈，仿佛是在瑜伽健身房聊天。赤脚的医生进了手术室，钻进离 Da Vinci 五米远的控制舱内，握住手柄，踩着踏板，全神贯注地开始了。母亲注意到，他每个脚趾的动作的确都极为细腻。

传感器的指令抵达 Da Vinci，机械臂像大蜘蛛一样动起来：手术台面像巨兽的舌头一样缓缓收缩，苏铁被吞入了机器的腔道。在古代的火葬仪式中，尸体也是这么被送进炉腔的。这个场景叫母亲一阵阵发冷，牙齿打颤。

接受了麻醉，苏铁感觉自己像坐隧道滑梯一般，随着丙泊酚流入导管的曲度滑入了沉眠，其后便一无所知了。

母亲站在外面，环抱双肘，紧紧盯着手术室内的一切，目光锐利得几乎凿穿了玻璃，毕竟她已经把心肝交到了上帝的砧板上。

她闭上眼，祈祷着。

24

苏铁醒来，发现自己躺在一张病床上。四周是白色的，洁净的，大概是康复病房。是的，没错。他看见母亲守在床边。好像从手术很久之前起，母亲就一直守着她，一直穿着同一套衣服，再没换过了。医生每隔半天来检查一次情况，渐渐变成两天一次，然后是三天一次，然后是一个星期一次。

"你想听音乐吗？"母亲一边削水果，一边问。

苏铁不说话，别开脸。他已经很久没说话了。

出院那天，母亲牵着他崭新的右手。那是自己卖掉十年寿命换来的。母亲摸着那只小小的右手：百感交集的滋味原来不是滋味，而是一种生理上的绞痛感，随之而来的是鼻腔猛然发酸。母亲忍了回去，说："以后……要是，我再控制不住，打你骂你，你就喊出来，妈妈别这样，我是你的孩子。好吗？你提醒妈妈。你帮帮妈妈。妈妈不是故意打你的。妈妈爱你，才打你。"

苏铁的眼神硬得像金属。虹膜上的幽蓝越发变深,也许是性格的变化吧,母亲想。"回家了,好好休息。等你好了,我带你去个地方。"

25

那个夜晚之前,苏铁还从来没有坐过船。

夜色中的大海,月高浪白。远远地有一些群岛,像潜伏在水下的巨兽,只露出一线脊背。

小船突然变快,失去控制,航线被扭转成螺旋状不断加速。海面仿佛变成了一只巨大的漏斗……苏铁感到自己被巨大的惯性吸附在漏斗的斜壁上,整个身体贴着甲板。

就在他们被卷入漩涡的过程中,苏铁赫然看见,母亲正在迅速地变年轻——越来越年轻——他被这一幕吓呆了,他紧闭双眼。

等他睁开眼睛的时候,他已经置身于另一个……奇境。空气仿佛是水做的,一切在水般的空气中微微荡漾着,既仿佛幻象,却又真实得毫发毕现。而母亲,已经变成了一个少女,是苏铁只在影集中见过的,陌生的、少女时代的母亲"牧秋"。

苏铁愣住了。在他的印象中,母亲好像一生下来就是三四十岁。永永远远地三四十岁着,从未年轻过,也不会老去;她不曾年少,不曾贪玩,生来就像大人一样勤勉,刻苦地生活着。

无法想象母亲竟然也是从小孩成长起来的。眼前这个小姐姐,分明只比他大不了多少,她叫他:"跟我来。"

上岸后,少女牧秋在那渡口边,望了一眼樱花树,哼着小曲儿,继续往前。她背着一筐不带露水的鲜嫩兔子草,轻车熟路,哼着歌,匆匆爬上了半山,来到了一座宅子跟前,门口的木匾上草书"霜堂"二字。

苏铁气喘吁吁地跟上来,偷偷窥望——院内回廊错落,钓殿翼然;竹摇翠雾,风碎池荷。当他靠近池边的时候,他在池水中看见自己的影子,赫然发现那不再是自己的脸和身体,而是一匹独角翼马。

他惊呆了,想要触摸自己的脸,而动起来的却只是前蹄与双翼。水中影子随着波纹的衍射,荡漾起来,一座小亭子的倒影,也荡漾着。

池中一轩,一个身着袚服的瘦长身影,歪躺懒坐,脸色被满园秀松修竹染成青绿,整个人隐没于草叶之色,若不是发出咳嗽声,几乎很难辨认那儿有一卧人影。

牧秋朝着那身影急切地奔去。

在很久很久以前,东方曾有一户人家,诞生了一个婴儿。

一生下来,茸发金白,肤粉肌雪。婴儿的父亲见了,惊慌失措。

逼问原委,才知道这是妻子与一位传教士有了私情的结果。

婴儿的父亲不接受这等奇耻大辱,杀掉了传教士,令妻子自剖谢罪。他还打算连婴儿一起杀死,但占卜师说这个婴儿命数奇诡,杀之大凶,于是父亲在婴儿的头顶上,用烙铁烫下"沢客"二字,弃于草野,让其自生自灭。

在传教士故乡的语言中,"沢客"代表一组缩写单词的发音,意思是"罪犯"或"被监禁的人"。人们看见这个弃婴的头顶,都叫他"沢客"。

弃婴没有死去,他长成了个野孩子,头顶的"沢客"二字被头发遮盖了。为了遮住自己的混血面貌,沢客从小戴着方形大斗笠,遮住脸庞。他制了一根尺八,配在身上。尺八本是虚无僧的武器,人们就都以为他是"虚无僧",加上他比同龄人高大,也就没有人招惹他。

沢客尺八吹得极好,无师自通古今名曲;每日黄昏,在渡口吹奏,匆匆路人无不为之心折。回家之后,人们每每回想一日俗事庸碌,消流无痕,唯一印象是渡口的那曲尺八,慰藉幽深,于是暗地里给他很多赏银。

沢客就靠此谋活路。

一日暮春，沢客在渡口吹尺八，众人或止步，或围坐，恭听其声幽飞，漫天樱花飞扬，绕舞不落地。

奇景令人叫绝，传颂开来，吸引了一名武士也来凑热闹，点名要听一曲《虚铎》；沢客认出此人是家兄，便不肯吹奏。

当他的曲声骤停，空中的樱花粉瓣，突然直坠如豆，噼里啪啦。

口舌既出，沢客冒犯了武士；交锋之下，沢客暴露出他根本不会使用尺八作棍器，方斗笠也被武士刀挑破了。众人一看他的混血样貌，纷纷大惊；武士追杀，逼得沢客落荒而逃，漂洋过海，九死一生，流落到了南方。

然而，南方的人们不尚幽微之美，沢客吹尺八，根本无人聆听。他的吹奏被欢快活泼的塔布拉鼓和西塔琴声湮没。神牛来往街道，大象差点踩扁了他。他狼狈极了：没了赏银，饥寒交迫，几乎快要饿死了。

幸好，南方是文化交汇之地，不同世界的客人往来频繁。一位西方学者路过此地，听到尺八，琢磨新奇有意思，却又不太明白，于是问他："这曲子叫什么？"

沢客想告诉他"此曲是《虚铎》"；但由于语言不通，他无法表达。

学者想要得到答案,于是收留了沢客,赏他一口饭,教他语言,以求沟通。原来这个学者也热爱音乐,喜欢弹奏巴赫,客厅中有一架 Shudi & Broadwood 大键琴。

沢客聪慧至极,很快学会了简单的西方语言,也学会了大键琴,当然,他还每天为学者吹奏尺八。

学者觉得非常高兴,等时机到了,又问:"当初那首曲子叫什么?"

沢客想了很久,终于,试着用西方语言做了回答。

学者一听:"什么?!《空的大铃铛》?!好吧,太差劲儿了。我们的儿歌都比这个名字好。你来听听我们的复调、歌剧……那种美,简直无可比拟。"

沢客不服,说曲名的意境没法用西方语言来表达,"你要想领会意境,你得学会东方的语言、文化;甚至连学会都不行,你得从小浸染东方传统才行。"

学者虽然不愿意,但还是勉强尝试开始学东方语言;由于太困难,第七天便放弃了。他打心里觉得,不仅连你们的音乐,就连你们的语言也是落后的。难怪东方只能沦为殖民地,被我们西方文化渗透。

沢客继续在学者家寄人篱下,他觉得每天吹尺八献艺,分文未取,对得起每天那顿饭;但学者并不领情。他越听越嫌尺八单调无趣,腻了,就想撵走沢客。

沢客知道这是迟早的事,便提前告辞。临走前,他说:"谢谢您收留我,救我一命。这曲《虚铎》流传至今,演化成了名曲《虚铃》。我为您最后吹《虚铃》《虚空》《雾海麓》三曲绝音,就当是我无以为谢。"

学者说:"省了省了,我直接给你赏银,但求你别吹了。你们的音乐太单调。"

沢客觉得受到了侮辱,争辩道:"音无高下。那是幽玄之美。"

学者很不屑,"真的吗,我记得当时你在街头卖艺,没人听,饿坏了。"

"你若在南方街头弹巴赫,也没人听。"

"那是因为巴赫根本不用来卖艺。何况,连你的饭都是我赏的,你还有什么不满意的?"

"我用尺八报答您的恩情,曲曲金贵,是您自己不懂其中奥义!"沢客怒颜上头,两人大打出手,学者的仆人见了,赶紧扑过来帮忙,混乱中,尺八戳伤沢客锁骨,刺到喉管。

学者冷静下来,赶紧叫医生急救。手术挽回了沢客的命,但他从此声哑气嘶，不能再吹尺八了。

学者觉得这个结局很难堪，愧疚地说："你放心，虽然你不能吹尺八了，但我会给别人介绍这个东方乐器的。"

泎客急着起身反对，学者却赶紧安抚他躺下养伤，"噢不用谢了，不用谢了，都是应该的。"学者离去，泎客颓然，他明白，至此——他彻底不能亲自演奏，只能被西方学者演述了。

西方学者遵守诺言，在沙龙聚会中向客人介绍《空的大铃铛》。客人绷起蜡像般的假笑，抿一口香槟酒，"……嗯……有意思……"

泎客见此，痛心疾首。他莽撞地冲进沙龙会场，想要再吹尺八，但气不如从前，最糟糕的是，幽咽的尺八在管弦乐队的华尔兹乐声中显得怪异至极。

泎客万念俱灰，想要回到故乡。好不容易攒够了费用，踏上归途。在一个暴风雨夜，在离东方不远的海域，船触礁而沉；泎客获救。

幸存之后，泎客在与故乡一海之隔的地方，留了下来。

救命恩人是一位穿着麻衣的妇人，她带着女儿牧秋，在殖民地做西方富贾的家仆。沢客为了答谢救命之恩，他将自己的余生寿命卖掉，换来一座种植园，在此扎根下来。

这就是霜堂的由来。

那儿的日子很静，终年炎而无雪。夏日满院蝉鸣不歇；秋天雨打蕉叶声不息。沢客请麻衣与牧秋搬到霜堂居住，打理家事，自己则经常身着袨服，独坐处默，他已经是卖掉了寿命的人，只给自己留了最后一年时间，了却最后的心愿。

一个炎热的午后。窗外竹影浓密，映得杯中茶烟袅袅透绿。沢客自己与自己对弈打发时间；他的指尖触着玉石棋子，感到冰凉。“若没有音乐，人生是个错误。”他想起西方学者的那句话，等待着“心愿”的到来。他已经如此等待了大半年了。

“抱歉，今年雨水太盛，晒木多花了些时间。”琴师送来“心愿”的时候，十分抱歉地说。

木是当年渡口的那一树樱花木，漆是从故乡高山割来的月明漆。沢客将这张琴取名“冻樱”，纪念少年时代他在渡口吹尺八的场景——漫天樱花粉瓣不落，在空中凝冻，幻现出一首曲声的音形。

他欢喜地把冻樱抱在膝上，观赏了几番，起身，沐浴，更衣，焚香。直到热了双手,指尖残存的玉棋之凉褪去,他才抚起琴来。

音起,纸窗上,牧秋忙碌的身影,突然受惊一般凝固了,她悬着一壶水,差点浇到了脚上。

麻衣见了,高声指责起来。

牧秋却问:"听见了吗?"

麻衣眉心一皱,"听见什么?"

牧秋不做声。她其实不是听见,而是"看"见了高山流水,一目九岭,化为清波,从琴声中源源不断地流淌出来。

沢客一直弹到夜深。悱恻乐声中,牧秋心醉神迷,觉得从未度过这么美的一日。该寝了,牧秋到院中添灯油,锁宅门。

她关好门,正回屋,却在进屋之前的那一瞬间,停步,仰头,望月。

这一幕恰好被沢客看见了。若她只是锁门即回屋,则不过是无趣俗人,但这孩子于劳役之中,手执扫帚,却不忘眷赏窗月如霜……真是不凡。就是这一停,叫沢客恍然大悟,知音难觅,天生之材分明就在眼前。

沢客大喜过望,唤牧秋过来,他亲自掌灯,燃烛,教她弹琴。未想到,牧秋只不过在活碌中听了一日,竟然悉数记得全部曲调,根本无需调教,上手就是绝音。

沢客喜极而泣，二人彻夜抚琴，痴醉音海，浑然忘我。他像一尊雕像那样端坐着，将冻樱置于膝上，十指翻飞蝶舞，琴声激越如焰，从火苗舞动的形状中，牧秋完全"看见了"这一曲绝响。

　　也就是在那一晚，沢客的寿命到了尽数，他心愿已了，毫无遗憾地，安详地闭上了眼睛。

　　一阵木屐踏地有声，由远及近。苏铁回头，一个人影急速而来，把长廊中一栅一栅的光影全都扰乱了。那是一个身着麻衣的仆人，抱着一筐浆洗的衣服，急急喊着："牧秋！赶紧地，去把衣物晾上！"

　　麻衣仆人竟然与母亲长得几乎一模一样，只是眉心深皱，犹如悬针破印，面相更劳苦些。她的额头上全是汗滴，胸襟上有水渍，袖子挽着，头上沾着葱花儿，好像有什么活儿正干到一半。

　　洗衣筐似乎很沉，牧秋接过来的时候，掂了好几下，前边刚端稳，后边背篓里的兔子草却掉下几缕来。麻衣立刻数落道："……怎么搞的，今天就只割了这么点儿？"

　　"近的草都割完了，我走了好远……"她低声解释着，而麻衣置若罔闻，催促道："快点儿，先去晾衣服。"

　　两人沿着游廊往回走。园子里，云光嬉游，池中有鹭鸶戏水。阳光透过窗棂洒进来，游廊被切割出一道道光栅。一痕鹤影，掠过水面，牧秋忍不住止步观望，这一停，叫麻衣差点撞上去。麻衣对这景致毫无留恋，烦躁地催道："哎呀别看了，快走快走，我去热灶，你到后厨来帮忙……"说着，麻衣就绕过前去，急匆匆走了。

此刻，一阵清脆的扬琴声从轩中传来，如彩琉璃珠子一般滚动着，坠入一池水光潋滟，被不规律的咳嗽声打断，却更引人注意。那琴声仿佛有黏性，拉扯着牧秋的步子，令她频频回头，恋恋不舍，朝着琴声的方向顾盼着，倾听着，越走越慢。

曲子她多么熟悉，每个音符都在轻颤，挠得她心痒痒，她太想去敲一会儿琴了，太想了。连抱着洗衣筐的手指，都不听使唤地敲打着竹筐，好像能敲出乐曲似的。

她早已拖拉在后面，前抱一筐，后背一篓，毫无底气地问道："娘……我做完事儿能去敲敲琴吗？好久，好久没有碰过琴了。"

26

梦境在这里突然折断，苏铁醒来，感到有两滴水落在手背上。又一滴，再一滴——母亲擦了眼睛，侧坐在床沿，握着苏铁的手。

苏铁抽回手，但还没法完全从梦境中抽回身。

"你带我去看这些干吗?"

"……妈妈小时候,特别喜欢音乐,每天晚上做梦都想弹。可是你外婆没日没夜忙得腰酸背痛,根本不能理解。可你不同,你生在这个世界里,多好的条件,多好的机会……"

苏铁把脸别到一边,"可我讨厌练琴。我死也不想再练了。"

"我是为你好,你只有好好学音乐,学画画,将来才有机会找到工作。"

"可我想要学法律,或者学医。"

"你傻么你!到时候怎么养活自己?!也不看看现实是什么?你不好好学艺术,将来只能跟我一样。也行啊,我没意见,只要你吃得下那份儿苦!"

"我绝对不要变成跟你一样。"

"那就没什么好说了,你必须练琴画画,将来要搞艺术。你要想搞什么法律、医学,没用的,找不到工作的。"

"是你自己弹不了琴,就想让我替你弹。如果你再逼我,我就把左手一起压断。"

母亲气得发抖。唇齿纠缠,令她的声音颤抖个不停:"随便吧。你去玩儿吧,想玩儿多久玩儿多久。等你长大了,没活路,别来找我。"

"我不会来找你的。还有,在猎游训之前,你不许把李吉他们赶走,我要跟他们一起去玩儿。如果你不肯,我会在年审的时候,报告你所有的行为,包括你强迫我打的那些满分,都会失效。等你丢了执照,你就……"

"就怎样?"母亲站起身,她好像一点都没有被他的威胁打败,反而更凑近了他,几乎是用鼻息说道:"你能怎样?早知道……我当初真是,不该要你。"

望着母亲走开,苏铁感到被深深地刺痛了。好像有一把刀子,旋转着,朝心脏深处钻去。他不确定能不能拔得出来。

第二章

1

等待猎游训的那个夏天,长日无尽。有一种念头一天比一天更强烈,而且渐渐覆盖了退出这个世界这个念头,那就是要快快长大,远离这个家。

右手一恢复,苏铁就等不及每天都往外跑,和李吉一起,去看狩衣做好了没有。

织场坐落在半山腰。沿着那条长满绿竹青苔的小路,抵达宽阔的晒场,远远就能看见一层层绸幡锦缎高高悬挂着,像一道道从天空中坠落的瀑布,随风扬卷。

李吉快活得像一只风筝,她最喜欢在一匹匹锦缎之间钻来钻去捉迷藏。有时候,苏铁跟在她后面追逐,感到怅惘、迷惑。怎么会有人天天这么自在、开心呢?连闯祸了都毫不担心。

李吉老喜欢裹进那匹颜色像火烧云似的金红绸幡,从一角开始转圈,再故意一扯——顿时,好像天空中的整片晚霞都被撕下来似的，火烧云瀑，飞流直下——整匹绸幡被她拽到了地上。

第一次闯下这祸的时候，俩人正不知所措，眼睁睁看着阿尔法从织场里走出来。没等李吉开口，苏铁主动对阿尔法说："对不起，我错了。"

李吉一惊，没说话。她不知道，苏铁只是习惯性认错而已。她想："这家伙真是耿直。"但也不奇怪，在李吉眼里，苏铁看上去内向，心事重重，再开心的时刻，也顶多是笑笑。这让她老是恨不得把快乐分一些给他。

阿尔法并没有发火，只是摸摸苏铁的头，说："都别闹啦。这是别人的布料，你们的在里边呢，都快做好了，进来挑一个喜欢的纹样吧。"说着，阿尔法从地上拎起绸幡的一角，轻轻一掀——像整片晚霞都飞扬起来一般，整匹艳丽的绸幡又完好如初地挂回了天空。他们俩跟着阿尔法，穿过长长的檀木回廊，走向织场。

巨大的厅殿里，一排排织机忙碌着，像是有魔咒控制。阿尔法把他们带到一架挂屏前——苏铁看见一匹幽蓝的锦缎，如一片悬挂着的汪洋。阿尔法说："这是你的。"

旁边还挂着一匹赤红的绸子，苏铁一看就知道是李吉的，棱镜仪式上，她的光芒就是这个颜色的。

"来，挑一个你喜欢的花纹吧。"阿尔法抬了抬下巴，他们往上一看，厅殿的穹顶上，浮现着各色植物花卉的光影，走马灯一般掠过。

李吉一眼看中了棣棠，觉得花型好美。她走近又端详了一下，说："我就要这个了。"

阿尔法笑着，一伸手，棣棠幻影便从他们头顶悠然飘离，附着于赤红锦缎上，一朵朵染现。"棣棠的狩衣名叫'山吹'。传说，棣棠山吹，花开春回，是山魂苏醒的季节。"

"你呢？"阿尔法转向苏铁。可他完全没法在菖蒲与雪竹之间做出选择，左右为难，焦虑地咬着手指。阿尔法说："若你选菖蒲纹样，你的狩衣就叫水剑，菖蒲叶形似剑，传说可以断水斩千邪。"

"选雪竹呢？"

"雪竹花纹的狩衣，叫'飞棹'。雪竹叶似桨，枝如棹，清气直洁，香闻九万里。"

"还有香气？！好啦哎呀你就别啰嗦了，就选飞棹。就这么定了！"李吉抓着苏铁，替他做决定；但苏铁还不甘心，问："就只有这些植物花纹吗？没有动物的么？"

"狩衣只有草木纹饰。想看动物的话，去到心屿就有了。"阿尔法这么说，苏铁才下定主意，"那就'飞棹'吧。"

阿尔法点头，从空中摘下了雪竹的形影，说："三天之后，你们再来领取,报上狩衣的名字就行。"

2

猎游训当夜,苏铁辗转反侧,激动得根本睡不着觉。迟迟无法入睡,导致他在进入梦乡的时候,彻底迟到了。

苏铁一路飞奔,终于赶到了绛河边。李吉早已身着山吹狩衣,在河边等候。她黑发红缨,狩衣上的棣棠花纹被风一吹,顷刻活现,纷飞起来,时而飘散,时而汇聚,变成一曲山歌的形状,声线优柔如云。

阿尔法笑着说:"你一碰山吹,山魂就醒了,正在吟唱呢。"李吉对自己的狩衣喜欢得不行,来回跑着,歌声的形状随之舞动。很快,她闻见了一阵竹香,一抬头,果然是苏铁:单衣、袖露、里外胡乱,头发也没有梳理。

李吉指着他笑:"瞧你迟到这么久!别人都走了,就剩我等着你呐,还以为你不来了!"

阿尔法引领着李吉坐进一艘星槎,准备出发了。苏铁以为和她同乘一艘,正要上前,却被阿尔法拦住,"一人一艘星槎。你别急,跟我来。"

李吉出发了,其他伙伴也早已漂流而去。苏铁有些着急,紧跟着阿尔法,逆岸而上,原以为星槎已在那儿等候他,却只来到木神面前。

木神是一棵望不到头的巨树,树冠如一座绿色的蘑菇云,每一片叶子都是不同的:银杏叶、枫叶、梧桐叶、樟木叶……苏铁惊讶地发现,宇宙中所有的木本叶形都汇聚在木神一身,而树干上有一个心形的伤口,黑洞洞的,深不见底。

阿尔法说:"把你的秘密告诉这个树洞吧。"

"可我现在没有什么秘密啊。"

"每个人都有秘密,欲望也是秘密。"

苏铁很为难地,对树洞说:"……我真的没有秘密。"

绛河边上,什么也没出现。

阿尔法提醒苏铁,要说出最真实的话,被压抑的,此时此刻的,心底的欲望。

苏铁想了想,悄悄对树洞说:"我很嫉妒李吉。我要是也像她那么自由、无忧无虑,就好了。"话音刚落,河边立刻出现了一叶小舟。

阿尔法意味深长地说:"这就是你的星槎。"

3

苏铁慌慌张张坐进星槎,急着解绳,启程。阿尔法却要他别着急。阿尔法蹲下来,不紧不慢地,细细帮苏铁整理了狩衣,帮苏铁重新梳好头。左右浅踏都穿反了,阿尔法抬起苏铁的脚,帮他换好。一切都端整了,阿尔法才直起身子,在苏铁额头上吻了一下。

那一刻苏铁发现,在他眼里,阿尔法被投射成一个越来越像母亲的形象,另一个更慈爱、更温暖的版本。

如果母亲也能这么温柔该多好啊,他想。

阿尔法扶着苏铁坐进星槎,解开锚绳,把星槎推入绛河。苏铁紧紧抓着桨,控制着方向,手心津津冷汗。

前方星槎列阵,如万叶飘落江面;苏铁是最后的一只;而李吉在前面不远。此时,苏铁听见展翅的声音,回头一看,阿尔法的双臂已经化为羽翼,变成了一只金枭。

苏铁从来没见过这么高贵、庄严的翱翔。金枭的翅翼伸展,几乎铺成一片刀刃,裁剪着天空。那是连目光都不能牵束的自由——羽翼擦拭云朵,抹过山巅,时高时低,一根根轻轻抖动着,仿佛神的手指在弹琴。

前方突然湍急，暗礁探出头，吐了一盏又一盏漩涡。不远处的李吉好像很害怕，一个浪头迎面拍来，把她的星槎打翻了，她掉进水中，慌乱大叫，不停扑腾；苏铁一见，立刻丢开桨，起身脱掉狩衣。他正要往水里跳，却见金枭迅疾俯冲下来，敏捷地从水中拎起李吉，把她救回了星槎。

李吉浑身湿透，惊魂未定。苏铁光是顾着她去了，一不留神，自己的桨也掉在了水中，漂远了。他小心地趴在星槎的边舷，欠着身子去捞，只见金枭掠过水面，抓起桨，送回苏铁手里，金枭说："你很勇敢，我为你骄傲。真的。"

有那么一瞬间，苏铁真希望是母亲在对他说："我为你骄傲。"这句话他等了很久，但一直到猎游训，这场童年告别式，他也没能等到。

金枭又飞高了，声音在空中盘旋，"回头看一眼吧，逝去的每一滴水，每一朵浪花儿，都是你的童年。"苏铁小心翼翼地横了桨，控制着星槎的平衡，转身回望——

绛河清澈见底，碎浪如珍珠，溅起的每一滴都是一幕发光的回忆——第一次下地走路，第一次哭。第一次母亲帮自己脱毛衣——水滴中，苏铁看见年幼的自己正举着手，整个脑袋卡在衣领那儿，脱不下来，那一幕滑稽至极，母亲在笑。

水滴迅速变小，也许因为有泪，也许只是绛河水雾太浓，很快，苏铁就完全看不清往日点滴了。

4

往前漂一段,绛河就消失一段。所有的伙伴们从不同的绛河漂来,汇入更宽阔的逝湍。眼前的水流平缓下来,一艘艘星槎穿云钻雾,顺着逝湍,终于抵达了宽广的银河。

四下突然黑暗了,只剩星云熠熠,如一条钻石绒毯,微微流动着。所有孩子都被眼前的景象震得鸦雀无声,纷纷停下桨,静静漂着,生怕发出一丝声响。

仿佛过了很久,在银河的尽头,水流静止了。四下是无边的瀛涯,散落着一座座心屿;所有的星槎渐渐分散,伙伴们漂向各自的心屿;苏铁也靠岸了。

阿尔法已经从金枭又化为人形,站在心屿岸边,耐心地看着苏铁把星槎系好,上岸。阿尔法的样子看上去更像母亲了。一千个人心中就有一千个阿尔法,苏铁不知道李吉所看见的阿尔法会是什么样子,好像他们还从未讨论过这个问题,大家好像都轻易默认别人所见所想都和自己的一样。

远看心屿极小,上岸后,随着苏铁的脚步,心屿不断扩大,不断延伸。眼前满山青雾,万木幽阴。曲路如诗,幽咽入林;苏铁与阿尔法一前一后,轻轻拨开两旁的茂盛枝叶,往前走;露水冰凉,湿了苏铁的手。

"我早就猜到你的心屿应该是一座森林。"阿尔法的语气,优雅而得意。

"怎么,有人不是吗?"

"当然不一样。有的人,心屿是荒原。有的人是冰川,有的人是城市、庄园……甚至监狱。心屿暗示了每个人不同的内心,各式各样都有。心屿是一个人的精神舒适区。"

苏铁想起母亲曾经带他去过的那个梦境。难道,"霜堂"就是母亲的心屿吗?他回味着母亲常说的,"小时候我做梦都想弹琴",将这两者联系到了一起。

走了一段,忽然层云障目,一道软梯,升入云端;苏铁爬一寸,梯子就长一寸,好不容易到了尽头,忽然开阔,是一片林中空地。阳光穿林而下,光缕如箭,照射着一口井。

井口砌着冷玉,苏铁趴上去,感觉冰凉透骨;往下一窥,清如露,冽如酒,散发着一种……佛手柑与紫苏叶混合的味道,也许还带了一点点樟木与麝香。苏铁像小狗一样拼命地闻嗅着。"这井水的气息就像你的气质。"阿尔法解释道:"这个世界上,每人都有这样一口魂井。井中之水,是他一生阅历记忆。一分一秒,一点一滴汇集而成的。井水浊深,则意味着一生坎坷诡谲;井水清浅,一生平顺短暂,天真无忧。第一个来井边饮水的生灵,就是你的梦伴。"

正说着,魂井周围的林中空地赫然幻化为一座花园,草木花朵着了魔一般迅速繁衍,一层,又一层,再一层,环形叠生。

苏铁跑向花园的最外层:只见一道高高的常春藤篱笆,像一堵绿色的围墙,呈半圆形合拢,只留下一道银色的,浮雕精美的门扉;咔的一声,锁上了。

阿尔法不知什么时候已经跟了上来,就站在苏铁身后,说:"别人即使登上你的心屿,也只能流连在道绿墙外。这是你内心的铠甲。唯独你信任的,不设防线的人,才有机会靠近你的心底世界。"

"魂井被人看见,会很危险吗?"苏铁问。

"这个……你长大后就知道了。"

"你怎么口气跟我妈妈一样。"苏铁抱怨道。

"你要原谅你母亲。她不是故意和你对立的,她只是完全忘记了她也年轻过,忘了她像你这么大的时候,也有这些心思,这些感觉。年少的心性和体验,随着她的年纪,都淡了,消失了。

"而人一旦心淡,她的心屿、梦伴……都会消失。这一切对很多成年人来说就只是一个梦,醒来就忘了。"

"之后呢?"苏铁问。

"之后他们会彻底变老,会死去。心屿会沉没,在瀛涯形成一个个漩涡。魂井深埋在漩涡下,被井盖封存起来……

世上的每一尊墓碑,都对应一口魂井。你不觉得墓碑很像一只钥匙吗?它可以插入魂井之盖的锁孔。打开之后,你可以从井水中,看见那个人的一生。"

此时,只听密林中,传来一阵窸窸窣窣的声音,一道白色的影子闪过叶丛。苏铁一惊,悬着一脚,仔细一瞧,一匹全身冰白的独角翼马正朝绿墙靠近,双翅半展开着,碰触灌木枝叶,发出声响。

独角翼马走到银色门扉前,抬起前蹄,轻敲三下,银扉缓缓打开。翼马径直走向魂井,低头饮水。

苏铁看呆了:"这就是我的梦伴了?"

阿尔法点头,"去吧。"

此时,一只黑白森莺,趁着银色门扉还未合拢,灵巧地钻了进来,忽高忽低,朝魂井飞来。翼马听见响动,受惊一般,一跃而起,扬着前蹄,翅膀像箭羽一样刺开,愤怒地驱逐森莺。翼马嘶鸣,森莺闪躲,它们在魂井边争斗起来,直到森莺飞离整座花园,消失在半空,翼马才消停,打着鼻嚏,收拢翅膀。

森莺是谁的梦伴？！翼马为什么这么愤怒？苏铁不解。

阿尔法说："能来到你心屿上的，都是你生活中亲近的、认识的人。森莺也是某人的梦伴，那人心里必然有你。"

苏铁立刻努力回想身边的朋友们——谁会是森莺的主人呢？

阿尔法继续说："那个人分明渴望了解你，接近你，但被你的潜意识拼命抵抗、排斥。不过这也不奇怪，所谓'心里有你'，不见得都是爱你的人；憎你，怨你的人也会有，甚至更多。"

"不可能是李吉。"苏铁暗自想着，但除了李吉，也想不到生活中还有什么"亲近"的人了。苏铁正思索着，一回头，赫然撞见一头巨兽——那巨兽瞬间迅速膨胀，鼻孔变得比苏铁的头还大，胡须抖动着，喷出的热气像瀑布一样砸下来。苏铁木僵了，恐惧令他全身血液以喷涌的状态凝冻了，连叫都叫不出来；他双腿发软，跌坐下去。翼马瞬间消失，仿佛被魂井一口吞没那样，不见了。

一阵肾上腺素喷涌，令苏铁不由自主地发抖。他双手往后撑住身体，别开脸，不想面对自己被活吞的那一幕，突然，余光中，他看见了什么。

弓箭。

盾剑。

匕首。
长棍。

四套武器突然出现在了右手边。苏铁发着抖,脑子里一片空白,恨不得把武器全都抓在手里,越慌越抓不着;来不及了,巨兽像一座危楼一样扑下来,苏铁顺手操起长棍,横在眼前,徒劳地挡着,眼睛一闭……

某种冲击力仿佛穿透了他。

一切仿佛静止;过了一会儿,苏铁只觉得冷汗从眼皮上滴下来,痒痒的;是已经被吞噬了吗?他勉强睁开眼睛,从指缝间胆战心惊地偷窥——什么也没有。

阿尔法的声音在背后响起,"原来你是尺八人格。"
尺八?苏铁定睛一看,才发现手里的长棍,是竹制的,约一臂长,有孔,像箫。

阿尔法说,弓箭性格的人远远认定目标,一路主动追击。这样的人虽然厉害,但缺少防御能力。只可进,不能退。当然,也有使用暗箭伤人的卑鄙者。

盾剑性格的人:为人处世有攻有守,但凡遇到冲突,会采取各种博弈，挡，杀，进，退，来来回回，不到分晓不罢休。

匕首性格的话，深藏不露，沉稳低调，只要不逼到绝境，不会轻易出手；一旦出手，一招毙命；当然，若心术不正，匕首性格的家伙也会背地里捅刀子。

尺八性格的话，比如你……比较复杂。尺八本身是乐器，声音苍寥动人；尺八人格倾向于容让，谅解，以柔克刚，将矛盾融解于未然；这样的人很少与人发生争执；但是忍让，往往会被误解为软弱。所以……遭到欺凌，也难免。尺八人格一旦忍无可忍，会以棍反击，但不会置人于死地。因为他们始终于心不忍。

"我的武器是乐器？！我岂不是肯定会被人杀死？"

"尺八的防御在于'避'，吹一声遁形调，便可以隐身。无论谁都再也看不见你，再厉害的攻击都无处下手。"

苏铁这才稍微找回一点心理平衡，但他惊魂未定，双腿还是不受控制一样发抖。阿尔法蹲下来，伸手，拉他站起来，说："从来没有永胜的攻击；也没有不败的防御。你的忍让，难免被看成软弱；你的逃遁，也常常被人嘲笑。"

苏铁不高兴了："心屿有这么凶险吗？"

阿尔法说："那个巨兽不过是你自己的内心而已。"说完，阿尔法挑了挑眉梢，侧身一让开，苏铁吓得立刻抬胳膊遮脸——然后听见一阵笑声。

阿尔法在笑。苏铁这才挪开胳膊,看见一只蕉鹿。

是李吉的梦伴吗?蕉鹿浅踏轻蹄,看上去快活而羞涩。再抬头的时刻,它竟然冲苏铁露出笑容。

苏铁从来没见过会笑的鹿。他走近,摸了摸蕉鹿的额头。蕉鹿的眼睛太亮了,像黑曜石。苏铁定了定神,跟着蕉鹿朝岸边走,发现不远处有一个池塘;正喷出水花,一只果鲸越出水面,露出小巧的背鳍,又扎回去了。

果鲸!苏铁大叫着,他还从来没见过真正的果鲸——那样子像大海中的虎鲸,黑白流线型,漂亮极了;最可爱的是,果鲸只有一个冬瓜那么大,完全是虎鲸的迷你版;看上去温顺极了,小巧得像玩具,毫无虎鲸的杀气。

这又是谁的梦伴?!苏铁拼命猜测着,毫无结果。这时,果鲸沉到水底去了,池面恢复平静。

"旁边那座心屿是谁的?"苏铁问,"我想去看看。"

"可以,但别忘了带上你的尺八。"阿尔法说完,幻化为金枭,朝星槎停泊的码头飞去。

5

苏铁把尺八插在背后,像背着一把剑。他划着星槎,前往最近的一座心屿。航至中途,他被一处巨型漩涡困住了,即使怎么拼命地划也被卷入。

"这里原本是你母亲的心屿,已经沉没了,形成漩涡。"金枭在他头顶盘旋着,告诉他。

"那魂井呢?"

"应该还在水底。想去看吗?"

"当然不想了!"

"井水都是你母亲的记忆,真的不想了解?"

"我为什么要去了解她!?她有了解我吗?"苏铁烦躁起来,只想快点绕过去,但越急越不得要领:"……该死,到底要怎么划才能逃开这个该死的漩涡……阿尔法,你就不能帮我——"苏铁急躁地摔打着桨。

"好吧,等你有天改变主意了,可以自己潜下去看看。"金枭说着,从空中飘降而下,翅膀铲过水面,轻松地将苏铁托了起来,飞离了漩涡。

苏铁骑在金枭的翅膀上,匍匐着,耳边只有风声,呼呼地,滑翔的静止感太美妙了,他真想永远待在这双翼上。

从空中看,瀛涯无边无际,散落着几艘星槎,渺小得仿佛是静止的;苏铁眺望着,希望看见李吉在哪儿。"能带我去李吉的心屿吗?"苏铁俯身,问金枭。

金枭说,"你得先去星峰。"

风太大了,苏铁完全没听清;而金枭也没重复,只是不断飘降。低空处,苏铁看见了李吉,她在瀛涯水面,奋力划着星槎。苏铁激动地大叫李吉的名字,到了低处,两人目光相遇时,金枭一个俯冲,贴近了水面,一个翻身,苏铁几乎是从翅膀上滑了下来,他敏捷地跳了下去,掉进星槎里,船身激烈地晃荡着——那瞬间,苏铁想起断崖,想起那些孤独的傍晚,一次次练习跳下去,直到再没有犹豫,也没了恐惧。他想起母亲。

李吉的喊声打断了他:"来不及了,快!天要亮了。"
"怎么了?"
"奥德赛号就停泊在星峰下,日出就要起航了!"
"为什么没人告诉我?"
"你现在知道了呀!快!到我的船上来!!一起划,快一些!"

苏铁抓过桨,奋力划,每一下都剖开深深的水痕。近了,他才发现李吉的背上背着弓箭,弓柄上雕刻着的蕉鹿纹饰。李吉难道是弓箭性格?苏铁疑惑着,目光攀向天空:只见参星北斗正在迅疾移动,轨迹快得几乎拉成线,时间仿佛拥有了加速度一般,越来越快;

而瀛涯如一片水做的荒原，绵延无尽，显得他们很慢。

巨云散尽，苏铁望见不远处一座尖峰，及星触月，通体金色。那就是星峰了吧，他想。"我们还来得及吗？"苏铁问。

李吉根本没回头，只叫着："快划！"

天际线正在发亮。太阳正从海平面跃起，喷薄欲出；一瞬间，光芒如阵雨一样倾泻而来，叫他们几乎睁不开眼睛。近了，近了，李吉累得力竭，手臂用力过猛，不停发抖，苏铁几乎已经抽筋了。

到了。终于到了：眼前是金色的港口，壮丽的奥德赛号巨舰，就停泊在晨曦中，正发出起航的鸣笛。那声音像某种远古巨兽的呼唤。

李吉兴奋极了，迫不及待地挎起弓箭，拉上苏铁，朝奥德赛号巨舰奔去。

无数星槎还在纷纷赶来，陌生的伙伴们，有的落后太远……他们已经来不及了。苏铁登上舰桥的时候，看见极少几个身影已经攀登到了星峰之顶，登上了联合号。联合号腹部的舱门闭合，缓缓起飞，巨型机翼几乎削过峰顶。"原来他们就是那些能登上联合号的天才。"苏铁远远望着那遥不可及的金色巅峰，被李吉拉上了舰桥。

舰长非常年轻，笑容爽朗，他亲自站在登舰口，迎接这最后两个上舰的孩子。舰桥抽离了岸口,岸上还有一些伙伴们,大汗淋漓,喘着粗气,他们只差一寸就能登上奥德赛号了。只差一寸。那一寸的距离,令岸口上那几个伙伴失望得痛哭流涕;而差一公里远的,反而倒没那么遗憾,他们已经放弃划桨,任星槎随意漂在瀛涯上,挥着手,吹着口哨,朝奥德赛号挥手告别。

然而,就在李吉跨进舱门的那一刻,苏铁突然松开了她的手。

李吉回头,瞠目结舌——苏铁深吸一口气,然后,像跳下断崖一般,毫不犹豫地,跳下了舰桥。

李吉嘶喊着苏铁的名字,整个人被舰长死死拉住。

"这是他自己的选择!"舰长喊着,抱着李吉,阻止她跟着跳下去;李吉什么也听不清,什么也看不清了,是自己哭了吗?李吉眼睁睁看着,苏铁像一颗石头,坠入幽蓝的海。

等苏铁重新浮出水面的时候,舰桥早已收回了。奥德赛号如一座黑色冰山,漂离港口。甲板上挥舞着的道别的手,已经消失不见。李吉消失为一粒黑点。天空中,联合号也起航了,巨翼滑过山巅,飞向远处。天亮了,太阳已经蹦出海平面,光焰荧煌。

苏铁仰面漂浮着,身体随着海浪摇荡。他感觉自己像一滴水,被镶嵌在海面,仰看巍峨的一切,感到无限弱小。

6

翌日清晨，苏铁醒得很早。闹钟没有响，还没到起床时间。梦境正在迅速退潮，细节如散沙一般崩塌着，一切都在模糊着，消逝着。

眼机一阵轻微的蜂鸣，苏铁模模糊糊地抓过来，刚刚戴上，李吉的来电随着她的虚拟形象跃入视野，劈头盖脸就问："为什么临到头改变主意！为什么宁愿去象牙塔也不肯跟我一起？"

苏铁缓了好一阵，才确认昨晚的猎游训已经发生了，他的选择已经做出了。他好像自言自语一般，回答李吉，"从小，我的母亲就说——"

"——我才不管她说什么！你就说你！为什么明明都上了舰桥，还要跳下去！"

"——从小，我母亲就说我是个废物。我连琴都练不好，能进象牙塔就不错了。"

"这算什么理由？！"

"我比不上你们。我去了奥德赛号，也会被淘汰掉的。"

"你在胡说什么？！你怎么这么不相信自己？！"李吉气急败坏。

苏铁切断了通话,摘下眼机。他本能地想回避一切争吵,他当然不能,也不想把真正的原因告诉李吉——"如果我和你一起去了奥德赛号,母亲会永远拿我和你比。可我比不过你——你有好几对父母争着爱你,赏你的画,听你唱歌,人人都爱看你笑;连我母亲都更喜欢你。而你还能这家不开心就换到另外一家……你永远不知道我多嫉妒你。"

李吉失神地跌坐在沙发上,而门突然被撞开,吓了她一跳。孢子们一块儿冲进来把她摁在床上,嬉闹起来:"你去了奥德赛号是吗?""是奥德赛号吗?""该不会是联合号吧!""快说快说!"

"是奥德赛号了啦!"李吉不耐烦地捂着枕头,好像一点儿也不为此高兴。

哥哥姐姐击掌,而弟弟则垂头丧气,百般不愿地用眼球操作刷了二十莱克,一半给了哥哥一半给了姐姐。

"你们居然拿我这事儿打赌?你居然还赌我去不了?"李吉推了弟弟一把。

"你那么笨……谁想得到啊……"弟弟撇了撇嘴,转身走掉了。姐姐摸了摸李吉的头,说,"得了,就是个玩笑而已。后天我们就要返回奥德赛号了,你要不要和我们一起?"

"你们先走吧,我还要去和妈妈 C 道别。"李吉还沉浸在苏铁跳下舰桥的困惑中,心情不好。

"随你吧,有什么事儿记得来找我们,不懂的多问问,当然,没事儿最好。记得带上你的——"哥哥的下巴朝着桌上扬了扬:不知什么时候,一叠狩衣已经整整齐齐地放在那儿,上面还压着那套弓箭。

哥哥一笑,手臂一伸——李吉还以为他要拍自己脑袋,赶紧一缩——但哥哥伸手只是搭姐姐的后颈,两人勾肩搭背地走了。

看上去真像……像……"天啊,我怎么会这么想……"李吉收回目光,门应声关上。

7

闹钟响了。苏铁关掉,躺着发呆。母亲在隔壁高声喊他起床,他还是躺着不动,不想,也不能动。他盯着门锁,默默倒数着——五,四,三,二,一。

不出所料地,母亲径直打开了门。他的房间门是不被允许锁住的。

"你怎么还不起床?"母亲哗的一声猛拉开窗帘,掀开他的被子。阳光突然涌入房间,他感觉刺眼,好像得到了一个可以流泪的正当借口似的,眼睛立刻潮湿起来。李吉已经远航了吗?她还会回来吗?

自己的选择对吗……苏铁胡思乱想着，而母亲的背影凝固了，仿佛她看见了什么不可思议的东西。

一件飞棹狩衣整整齐齐地叠着，上面压着一只尺八，像未拆的礼物，端静地摆放在书桌上。

母亲小心地，满怀期待地，一点点拎起那件狩衣，抖开——胸口绣着"象牙塔"的符号。

一瞬间母亲的表情跌落了，显得很失望。"我就知道。"母亲转过头，那眼神带着质问，叫苏铁感到害怕。有那么一刻他只是特别，特别想问，妈妈你到底爱我吗？你有没有为我骄傲过？

但他问不出口。眼泪代替他问不出口的话，不知不觉流了出来。

"怎么了又？哭什么？"

"我做了噩梦。"苏铁胡乱敷衍着。他真希望一切真的是噩梦。母亲举起手，沿着肩线拎起那件飞棹狩衣，端详着上面的花纹，端详着那只象牙塔的符号。她知道一个孩子如果心智早熟，那他将提前参加猎游训，但没想到早了这么多。她还没来得及……

"如果再隔一两年，再给一点时间，或者再逼他一把，他会更优秀，那样他就能登上奥德赛号……甚至联合号了。他本来可以的……"母亲暗暗想着，心情复杂，好像不是孩子失败而是自己失败了。她举着狩衣的双手缓缓滑落，收回，垂落在双膝上。

从母亲无力的双手,苏铁再次看到了一种失望。他难受极了。

8

那天照例是起床,喝水,锻炼,早餐,雷打不动的程序。母亲往他的盘子里多放了一个鸡蛋,问道:"想好了么,去象牙塔学什么?"

"法律。"

"不行。"

"那就医学,我喜欢认知神经学。"

"你现实点儿行不行?你看看别人选的都是什么?音乐、绘画、表演,最起码也要学个写作、设计之类的吧?!"

苏铁沉默了。

见他又闷头不吭声,母亲忍不住急了起来:"你怎么不好好看看你自己?长成这样,做模特是没戏了;体育也不行。演员也不可能;嗓子不好,弹琴也不喜欢……我都替你想过了,你就学时尚设计吧,退一万步,做个造型师,这是我能想到的最好的出路了。"

"我不喜欢。"

"由不得你喜不喜欢!"母亲大喝一声,"我真没法相信,我每一分莱克，每一份精力都花在了你身上，辛辛苦苦培养你，你怎么这么不争气？"

苏铁艰难、危险地沉默着。他切着鸡蛋，越切越碎，刀刃在瓷器上发出刺耳的，令人起鸡皮疙瘩的声音。

客厅里，电屏上正播放着一台谈话节目。他侧过头，看着画面上，三位貌似专家的嘉宾正在激烈辩论着——

——不，你们担心的大量失业等等都是肤浅的。一些"职位"会消失，但行业不会消失，只会变得更丰富，更多元，也创造更新更多的职业机会。

——是的，我也认为 AI 带来的是进步而不是恐慌。拜托，人们最早看到蒸汽火车的时候还以为是魔鬼呢。而且我们身边的行业，教师，造型师，厨师，心理治疗师……这些与审美、娱乐、创造性、人际诉求的行业一直无法被替代。

——因为人说到底，还是需要人的。实实在在的，个性化的，肌肤对肌肤，声音对声音，愤怒对愤怒，爱对爱。

——但是我只用给你看一组数据就可以了，去年失业率突破 20%……

——可同时经济增长的速度并没有减缓，福利与生活质量反而提高，这也是实实在在有数据的。

——二位可以看到,这还有一项双盲随机测验,结果表明,与一个智能情趣机器人亲热的感官体验始终比不过与真人;而机器人炒的菜,确实比不过一个哪怕是文盲的厨子……

　　母亲关掉了电屏。房间里突然安静下来,那安静显得巨大,坚实。"如果你不听我的,你就只有像他们说的这样,去当厨子,去——"
　　"——厨师有什么不好了?!你不也做清洁工,做得好好的?"苏铁抬起头。这是他头一次,用这么坚定的语气,质疑着母亲。因为史无前例,母亲被震住了。但她很快恢复镇定。她扬手打了苏铁一个耳光,并且再次重申:"我天天给你吃的穿的给你洗衣服洗袜子守着你练琴,辛辛苦苦,结果你呢?你看看人家李吉?人家从来不要人盯着,逼着,轻轻松松就去了奥德赛号!而你呢?"
　　"而我,从来没说过,你看人家李吉的父母呢。"

　　母亲突然哑口无言。她愣在那儿,看着苏铁离开餐桌,回到自己的房间。
　　苏铁关上门,背靠门板,软软地滑下来,跌坐在地上。他一动不动地坐在那儿,直到门背后响起了收拾碗筷的声音。接着是换鞋的声音。开门的声音。母亲走了。房间里安静下来。书桌上的一盏摄像头正在工作中,闪着一星红光。一秒一次,闪得他心烦。
　　苏铁朝摄像头用力扔去一件帽衫,把它罩住了。他什么也不想做，无聊之中，动了几下手指，在眼机投影的虚拟屏幕上点击进入李吉的星历。

9

画面上是奥德赛号的巨型甲板。四周都是海，无边无际的浪涛，喧哗又寂静。天地之间横贯着一道霞。入学仪式已经结束了，大家都松开了原本穿戴得非常正式的狩衣，放松下来。甲板上正在进行着狂欢，大家互相介绍自己，与新同学交朋友。李吉也在其中。她站在甲板边上，山吹狩衣被海风撩起，美极了。

"如果自己当时没有从舰桥上跳下去，如果自己也去了奥德赛号……如果自己也在现场……"苏铁不得不立刻停止想象。他为李吉高兴，但又难过极了。虽然不知道该聊点儿什么，但他还是拨通了李吉的星号。

"嘿，看见你了。你们的入学仪式结束了吗？喜欢新环境吗？"

"还不错。你呢？你什么时候去象牙塔报到？"李吉那边听上去很吵，背后都是同学们跳舞的身影，兴奋过度，时不时有人把她撞来撞去的，画面抖动得厉害。

"快了，下周就去。"苏铁回答。

"好啊,别忘了给我看看象牙塔是什么样子。多交点朋友啊,多笑笑。"李吉像灌酒似的,仰着脖子将一杯西柚汁一饮而尽,"嘿,别忘了,你永远是我最好的朋友。到哪儿都是。"说完,李吉把眼机的两只腿掰至无人机模式,用力抛向空中。

眼机在半空中悬停,前端摄像头打开了。"来,陪我一起过完这天吧,这可是我入学第一天呢。"她说。

苏铁赶紧起身,从抽屉里翻出VR装具,戴上,点击"主观视角现场模式",与李吉的眼机无人机状态连接。一瞬间,苏铁在VR视野中,真真切切地来到了奥德赛号开学仪式的现场——

天空中如同发生了火灾,炽热的晚霞耀焰,把李吉的背影,连同壮丽的奥德赛号,完全吞没了。太阳已经坠入海平线,海面被霞光染成一片暗金色的绒毯,远处星摇月漾,依稀可见。

苏铁通过无人机传输的主观视角,在半空中俯瞰着奥德赛号——甲板上,列炬如昼,地上布满了文字的光影,一句话用全世界所有的语言重复幻现着:

知你所不知

奥德赛号是沿着河流、洋流,终年环游四海的海上学校,靠岸的港口遍布世界各地。奥德赛号的学生都叫自己"水手",他们的跨列站姿器宇不凡，每一双瞳孔都燃烧着勇气，精神面貌与象牙塔的学生有着天壤之别。奥德赛号不以GPA为考核标准，每个孩子都有自己的导师，自由选择有兴趣的学科，小组讨论，自学为主，毕业论文、毕业设计是否合格由导师来决定。

甲板就是他们的操场，大海就是他们的游泳池。而水手们学习的，不是知识本身，而是"求知"的能力。他们游历于陆地与天空之间，是最有好奇心，最具探险精神的群体。

水手们有着天然优势升入联合号——那是以"宇宙精神"为宗旨的空中教育系统，接纳的学生人数极少。联合号终年飞行，从云层开始，经过漫长的星际旅途，抵达银河中心。毕业仪式也是在那儿举行。

那不是自己的命运。不是自己的生活。苏铁猛地摘下VR头盔。

一瞬间，他又回到了这个真真实实的小房间里。他还坐在冰冷的地板上，背靠着门板。没有大海，没有落日，没有奥德赛号。在强烈的反差下，苏铁得以头一次仔仔细细环视自己的房间。

他憎恶这儿，但一想到他将永远地离开这个房间，去象牙塔报到，开始新的生活，他又有一丝不舍。他将VR头盔放回抽屉的时候，又看到了藏在书柜角落的那个盒子，打开，仿佛是一枚勋章般的，监护人执照芯片。

他摘下芯片，再次，也是最后一次用眼机读取了"执照年审"

文件夹。

画面上,母亲端坐在椅子上,接受系统的回访。她的语速很慢,充满了犹豫,间或一阵沉默,看上去像画面死机卡屏了似的。

您认为您作为一个前喻型单亲家庭监护人,尽责了吗?

尽责了。

您认为迄今为止,您的抚养成功吗?

我不知道……是不是成功。我只是觉得,我尽力了。

我们核对了您的子女对您的评价。对您的评价呈两极分化,有的日子满分,但有的日子为负分。我们核对了您子女的对应星历记录,发现满分的情况都是在您的监督下打分的;而他自己在匿名状态下的评分,则很低。对此您有什么解释吗?

……我知道他现在也许很恨我……但他将来一定会感谢我的……这就够了。他会比那些并喻型、后喻型的个体都更优秀。

第三章

1

入学的第一天,苏铁将狞衣穿戴整齐,和所有的新生一起,站在象牙塔塔基底座前聆听训导。

每个人都抬头仰望:塔身高得超出了视野,建筑曲线像长颈龙的脖子一样,朝天空收缩。常春藤缠绕在低处的塔身外墙上,油亮亮的,仿佛绿漆。入口大厅的天花板上,也布满了文字的光影。同一句话以全世界所有的语言显现着:

知你所应知

训导广播的最后一个尾音结束的时候,大厅四个角落已经出现了四位系长,在他们的指挥下,方阵裂变为四个小方块,每个小方块又自觉排成队,从四个角落散去。

每个角落分别有四扇半环形的门;每个门上都有几双机械臂。

苏铁看见：排在他前面的孩子经过了第一扇弧形的门，一双机械臂对他的左右耳后部位进行了消毒；他依次跨入第二扇门，接受了局部麻醉；他跨入第三扇门，停留得久一些，机械臂先固定了他的头部，短暂的扫描过后，在耳后部位钻了小孔，植入了磁性液化制剂；接着是最后一扇门，机械臂对钻孔处再次消毒，止血，出来的时候，已经敷上了一块小指甲盖那么大，约 0.5 厘米厚度的白色贴片。

就像古代电影里孩子们打预防针那样，一切都是流水线操作的。

大厅里安静极了，排在苏铁前面的孩子不声不响，乖乖依次经过那四扇门。轮到苏铁的时候，他感觉恐慌，不知道这是干吗；他举起手，大声地："请问——"

除了钻头发出的细微噪音，整个大厅里就只有苏铁一人的声音；系长用竖起的食指放在嘴上，阻止他发问，朝他走来。

苏铁不自觉地压低声音，"请问，这是做什么的？"

系长摸了摸他的头，慈爱地说："别怕，这都是标准程序，向你前面的孩子学习，他们都很勇敢，你也是，对不对？"

就这样，还没等他来得及反应，或反对，苏铁也就依次经过了那四扇门，耳后被钻了小孔。的确不疼，只是他有一种很不踏实的担心。经过四扇门之后，耳后贴着白色小片的孩子们纷纷四散，各自去不同的系报到。

苏铁追上前面的一个陌生同学,问:"你知道这是做什么的吗?"

他摇头。

"那你为什么接受?"

"因为前面的同学也这样做了啊,"那同学白了他一眼,"你问我干吗,你不也跟着做了吗?"

苏铁不甘心,他继续往前跑,盯上了之前第一个接受这手术的同学,"请稍等,同学,同学?请等一下——"他把手搭在那个女孩子的肩上,"请问,你知道这个手术是做什么的吗?"

她摇头。

"那你为什么连问都不问就接受了?你不害怕吗?"

"系长昨天就跟我谈过了,说我明天散场的时候排第一,给大家做表率,一定要勇敢。"

看着她离开的背影,苏铁心想,"牧羊人只需要管住了头羊,就管住了整个羊群。"

2

苏铁心事重重地去190层报到。耳后的麻醉部位不疼,但有些发胀,感觉有异物植入,而且耳朵好像没有了似的。他老是忍不住想去摸，但又怕感染什么的，努力控制自己别碰。

188—230层是象牙塔的最低年级。在L区法律系，系长扫描了他的指纹、虹膜，说："你走错了，这儿没有你。"

"不可能，这是我从小的志愿。西方法哲学方向，你再看看？"

"你已经选了时尚系，造型专业。左拐，直走，然后跟着指引，到F区报到。"

苏铁感觉被闷了一棍子。什么时候选的？母亲吗？他竟然不知道？他呆在原地，僵持着，不肯走。"你是前喻……型……个体？"系长一边问苏铁，一边再次核对了身份信息，抬起头确凿地说，"那就没错了。前喻型个体的专业经常都是被监护人选定的，谁让你是前喻型个体。"他语气略带嘲讽。

苏铁彻底呆住了。排他后面的新生不耐烦地"啧"了一下。系长的目光越过苏铁的肩膀，"下一位。请上前。"

后面同学伸出手臂，把苏铁拨到了一边。他被迫让开了。先让了一步，然后就得更远。他像个透明人，站在队伍一边。

好在法律系是冷门，队伍很短。一会儿，报到新生的身份信息就录完了。系长正要走，苏铁再次上前，问："我可以更正一下志愿，转入这个系吗？"

"走程序吧，表格在网上有，自己去查。申请，审批，结果不保证；

但程序的第一步是,你要有学籍,才能申请转系。"

"那我可以旁听吗。"

"可以是可以,但你拿不到学位。"系长又看了看苏铁的资料,"我就不明白,别人挤破头都进不了时尚系,你为什么不去?"

"你的意思,仅仅就因为别人挤破头要去时尚系,我就该去?"

系长不做声,只是耸耸肩。

3

走到F区报到的时候,苏铁再次感觉自己来错了地方:眼前几乎变成一座迷幻森林,一天一地都是人:高高矮矮、形形色色的新生,五彩斑斓,奇形怪状。狩衣已经脱下了,一个个穿得很潮很酷,气场强大,至少装作如此。

每个人看到苏铁,都像看外星人一样,仿佛从未见过穿得规规矩矩,周周正正,黑发,衬衣,筒裤,皮鞋的家伙。

窃笑声四起。

时尚系的系长倒没说什么,录入了苏铁的星号、身份信息,然后便有一份表格发送到了他的作业平板上。

系长交代:"这是隐私,自己回去填写,页末点击提交即可。"

苏铁拿来一看:

新生个性化调查表

填表要求：如实根据棱镜仪式、成长演变来填写，可匿名。

	棱面	色相	饱和度	亮度	自定义描述
种族	基因族群	黄			
	文化族群				
	认同族群		50° 灰		
性别	性生理	蓝			携带1条XY性染色体
	性取向				
	性认同				
智力	神经智力	蓝			
	经验智力				
	反省智力			77° 白	

回到寝室，苏铁在表格的第一页就卡住了，好多项根本就填不出来。他滑向第二页，关于性格、心理、信仰……表格越来越长，苏铁看得直冒汗，心想：如果我对自己都是一无所知的，那……我到底……能知道什么？其他人怎么填表的？只有我一个人对自己一无所知吗？

苏铁本想回到梦境，查阅一下棱镜仪式的记忆，或者问一问阿尔法——但根本就无法入睡。

开学第一天就这么稀里糊涂结束了，他失眠的时候想起该给李吉打个电话什么的，拨出去，无人接听。从星历的公领域事件直播中，苏铁看见李吉正在上课。奥德赛号已经航行到很远的时区去了。

4

第二天一早有课。苏铁因为失眠而晚起,差点迟到,是最后一个进教室的。其他同学都在自己的机位上坐好了。苏铁缩着身子,朝最后一排角落挤进去。

导师一身西装,正在说:"……昨天的调查表,除了少数几份未提交,其他都收到了。我们系的色彩非常多元,而且是最鲜艳的一届。"

苏铁暗想:难道……其他人都填完了?他们都这么了解自己?!

导师将电极头分发给每个同学。一边发放,一边说:"在象牙塔,教育的任务就是技能、知识的'学习'。当然,看书听课这种方式太低效了,我们采用的学习方式是将知识数据进行再编码,变成大脑神经元可接受的电信号,再配合一定频率的反遗忘机制刺激,加以实战训练不断重复,最终将知识的神经元连接在大脑中固化,形成记忆。经过考试、测验,成绩合格后,一门课程就算过了。

"在第一年,机器将对你们每个人的大脑进行基模测试,每个人的波长、长短记忆的激活部位都不同,基模建立后,才能'因材施教'地进行正式的灌输。

"通识课包括基础自然科学，基础人文科学。当然啦，知识的灌输速度、吸收效率因人而异……到了二年级开始，强度大小可以自行调整。……注意爱护仪器，每次使用完毕后请交上来，值日生负责消毒，整理。"

电极头一排一排发放下来，到苏铁的时候，刚好是最后一副。看上去它长得有点像一副耳机，只是看上去更精密，也不塞在耳朵里而已。他小心地，照着导师播放的视频指引，将"耳机"戴上，一股微小的磁力使得电极头自动与白色贴片吻合了，他感觉耳蜗产生了一层细微的痒感，放射到整个头部。

上课铃响，导师按照一年级教学大纲勾选了知识库，输入管理密码确认，本节课内容显示在每个人的作业平板上。大家读、看、听，并行。白色贴片后面被植入的生物芯片不断捕捉脑电磁波，摸索着他大脑的记忆基模。

不一会儿，苏铁发现，同桌不停流鼻血，看上去很虚弱，她摘下电极头，双手捧着头，蜷缩着，看上去很痛苦。苏铁注意到，全班只有她一人没戴眼机。

导师赶过来看了看，说："苏铁，你扶这位同学去医务室检查一下吧。"

5

一辆微型救护车出现在教室门口,接他们去医务室。穿过几层复杂的走廊,苏铁已经被转晕了。同桌一路都嘀咕着:"早知道这么难受就不来这儿了。"

"来,请你脱下鞋子,躺到检测器台面上。"塔医问起她的健康史,饮食,作息,都没发现什么异常。过了一会儿,检测显示在屏幕上。塔医读完一系列数据分析,说:"看来是 EHS,真罕见,我是头一次遇到实例。"

苏铁问:"什么 EHS?"

"电磁辐射超敏综合征。21 世纪最早被发现,当时十分罕见。患者对 Wi-Fi 信号啦、微波炉啦什么的会过敏,一到电磁辐射的环境,就头痛、耳鸣、流鼻血、浑身不适,严重的时候还会晕厥。你产生过敏症状有多久了?"塔医问。

"来这儿的时候就开始了。"

"小时候没有过?"

"小时候我生活的地方没有这些东西。"

塔医的表情很吃惊,但他没多问,只是点点头:"这里的电磁辐射环境对你很不利。好好休息吧,今天我给你开一张病假证明,上传给纪管部。等你好些了,去跟导师商量一下,最好能安排特殊的教室、寝室。"

同桌躺在医务室里休息,苏铁正要回去,却被她强行拉住。"陪陪我。"她的语气里带着某种哀求。

苏铁只好坐下来,还给她倒了一杯水:"你小时候生活在什么地方?"

"瓦尔登。"

"别逗了,认真问你呢。"

"你不知道?瓦尔登湖纪念公园,世界上最后一片自然绿地。噢对,你不是奥德赛号的。你可能没去过……"

"你的星号多少?我们加好友吧。"苏铁靠近了一点儿,没想到她指着苏铁的眼机,说,"这东西让我难受,你能拿远点儿吗?"

苏铁有点抱歉又有点怀疑,"……你真有这么严重么?你不用眼机吗?"

"不用。我们一家人从来不用。"她说得理直气壮,听上去比宣布"我不用吃饭,不用睡觉"更加不可思议。

苏铁惊讶得不知如何接话,只好尴尬地点点头:"厉……害。"

6

这个"不用眼机"的同桌叫宁蒙,被苏铁列入了"水果"梯队,昵称备注为"柠檬",成为那个苏铁一般不会点开,实在无人可以点开的时候就甩出一句"你在吗?"的头像。

苏铁总觉得,俩人有点惺惺相惜的缘分:一个因为体质、一个因为兴趣,都与周围格格不入——从开学第一天起,苏铁就对功课吸收非常吃力,审美能力永远都"上不了道",教授一看他的绘画作业就头疼,实在是"太直了""太土了"。教授甚至将苏铁纳入典型案例证据,写了论文《审美直觉的习得性研究》,得出的结论是:三维以内的知识、技术都可以用灌输法迅速形成长期记忆,但审美属于创造性范畴,天生受神经元连接的基线模式决定,短期电信号灌输法几乎不起作用。

一个学期下来,基模摸索的过程已经完成了,其后每一堂课,再也不经过亲自读、写、听;教授勾选好大纲内容,系统会根据每个人的脑电特征进行灌输,每个人安安静静,闭目养神,教室中仿佛只剩下电流声。

苏铁不仅对专业课越来越反感,在课后实践中,一切关于时尚流派、服装设计、造型搭配、上妆训练的内容,都让他恶心。

作为全系唯一一个人种纯黄、性别纯蓝、性取向纯白的个体,苏铁像个异类似的,好像注定不管穿什么,说什么,做什么,总能引发窃笑。同学们纷纷叫他"老司机","老"本来就是个暗含老土、落后之意的蔑称,而"司机"是 Seeky,"Spaz 笨蛋"与"Geeky 怪人"

的混合构词,损人话之一。

班级的大部分集体活动都在线上进行,所谓的聚会,只是在各自的寝室戴上VR装具连线打游戏,看电影,聊天……即便是最好的朋友,也很少真的肩并肩坐在一起。就算是大家约在一起看比赛,也只是派出自己的无人机到现场去,自己则窝寝室里戴上头盔,一边吃薯片,一边连接"第一人称视角",一边手里都在做自己的事儿,时不时对比赛品头论足一下。对于他们来说,一心多用是常态。

但不管什么活动,苏铁的发言永远淹没在弹幕里,没人接话。来他星历上造访的同学也很少。渐渐地,他连发言的欲望都没有了。

睡不着的时候,他会去24小时图书馆找宁蒙。

7

整座象牙塔有五十多个极为现代化的信息馆,唯一一间纸质图书馆在负十楼角落。虽然藏书量很有限,但那是宁蒙最常去的地方了:因为患电磁辐射超敏综合征,机房肯定是待不了的,高效灌输也不适用,纸质图书馆成为宁蒙唯一的资料来源。自从被象牙塔批准自学,她就天天来这里"看书",用这种十分古老、效率低下的方式进行学习。

这里有几套书桌,台灯是绿色的,方形,垂着头,暖光照射着木纹。为了节约空间，滑轨书架一层层密集紧挨着，从地板一直到天花板。找书依然要在隔壁的电脑系统上完成，但不花太多时间，而且藏书阁的电磁辐射相对很弱，所以还好。

最棒的是，这儿 24 小时开放，一个人也没有。

这里太安静了，脚步声显得格外引人注意。苏铁双手空空很尴尬，便随意从哲学类书架上抽出一本《判断力批判》作为掩饰。课堂上，这本书的内容已经被全文灌输过了，中文译本的每个字他都背得，但翻开纸页，他仍旧完全不明白什么意思。

苏铁隔着宁蒙两个位子，坐了下来，佯装翻阅那本大部头，问："你也睡不着吗？"

"我寝室的电磁辐射隔离墙还没安装完，待在那儿头疼，这里好些。你呢，为什么睡不着？"

"心烦。"苏铁索然无味地合上《判断力批判》，趴下来，伏在桌面，盯着眼前那一小块被台灯照亮的白橡木纹。

宁蒙信手翻了一页小说，等他自己开口。

苏铁突然问道："你在瓦尔登长大……到了这儿，习惯吗？觉得孤独吗？"

"当然很孤独啊。但是……人本来就孤独的嘛。"宁蒙显得很坦然，目光没有离开画册，又说，"你别太在意别人眼光了。"

"说得倒容易……"苏铁把头埋进胳膊里,随口问道,"你的心屿是什么样子?"苏铁问。

"我?我不需要心屿。"

"为什么?!"苏铁很吃惊。

"你不知道心屿的来历吗?"宁蒙干脆起身,熟练地从第四层抽出一本非常陈旧的《少儿世界简史》插图本,翻开,摊在苏铁面前:

在很久很久以前,世界布满了山河湖海,每一平方英寸的存在都是自然的。

随着文明发展,城市迅速扩张,蚕食着自然界的领地,世界上每天消失三个巴黎那么大的森林,接着是三十个,三百个……到了巴黎本身也消失,如同古巴比伦一样,变成传说的时候,世界历经数轮文明,数轮战争,沧海桑田,面目全非。

国界改变,人种融合,可控核聚变技术解决了能源问题,也解决了环境问题,但环境本身,真正的,原始的自然,却消失了,被各种人造痕迹所取代。

随着熵增不断加剧,文明的处境一步一步面临热寂。简单来说,就是在一个孤立系统中,你能砍伐树林建一个木屋,却不可能把木屋拆了就建回树林。

人不可想象未曾经历的事物。由于现在的新生儿从未见过,也从未接触过真正的自然,所以在他们的头脑中,大自然遥远得几乎不可想象,连做梦都梦不到,连幻想,都不可能。

他们像看待科幻片一样看待"自然博物馆",那儿连动物的标本都没有了,取而代之的是虚拟动物形象。从热带雨林,到冰川,VR技术可以轻松模拟出任何环境,却都不是"真的"。

原以为虚拟自然环境足以满足人们的需要,事实却不是如此。文明的发展快得与进化速度不成正比,但人类到底还是作为一种动物,在集体潜意识深处,有着与大自然之母相连接的本能需求。人们还是本能地喜欢天然的制品,喜欢踩在柔软的草地上,呼吸洁净的空气,眺望湛蓝的天空,绿色森林中富含负离子空气的确让人更平静,更舒适。这种对自然亲近的本能,就像食欲、性欲一样,长久地存在着。只要人还存在,这些本能就存在。

只是人们意识不到。

而与自然的剥离,导致各种焦虑、孤独、抑郁、冲突和暴力……在城市中越发普遍,也严重阻滞了人类的整体进步。这正是许多世纪以前,弗洛伊德《文明与缺憾》中预言的冲突与矛盾。

基因技术使得遗传疾病都得到了很好地控制,除了极少数罕见病,人们大都身体健康,而心理疾病却泛滥。为此,泛议会道德委员会许可，在每个个体出生的时刻，将被植入关于自然的梦境，即心屿。

心屿，是一种梦境治愈环境，类似一种精神疫苗，而阿尔法在本质上是人工智能陪聊机器，是每个人的心理治疗师。阿尔法常常被每人投射成不同的对象。人们还可以选择一种自己喜欢的动物作为梦伴，它起到精神宠物的作用，同样用以疗愈心灵，维护人类精神健康。

在心屿中，无论是甘甜的溪水，瀑布的湿雾，森林的芳香，还是翠蓝的海滩，奇妙的动物，都能给人们带来抚慰。他们与心理治疗师交谈，和动物玩耍。一觉醒来，又是新的一天，他们就像古人已经去自驾度假归来，去国家公园徒步、露营了一样，感到被充电，感到又有能量回到城市，回到摩天大厦的玻璃幕墙背后，去面对无比孤独、无比繁华与冷漠的现代社会。

当然，并不是所有人都能对自然产生这样的眷恋，有人就是喜欢城市、博物馆……洞穴，甚至监狱，而这部分人的心屿也就是他们喜欢的那种环境。总之，能够起到治愈作用即可。

因为只有身心健康的人类比例保持在大多数，人类社会的运作才能得以继续。

"你是例外？"苏铁问。

"是啊。我不需要虚拟梦境，我就在自然环境里生活。"

"像梭罗？"

"谁？"

"写《瓦尔登湖》的梭罗。"

"差不多吧，"宁蒙自卑于又一本书她没听过，却又不想显露出来，"好了你别跟我聊天了，我可不像你们……再不背书我就要挂科了。"说完，宁蒙双手托腮，塞住了耳朵，继续用功。

8

寒假就要到了。走廊里、体育馆里、食堂里，到处都有人吹嘘着自己要如何度过假期。好像除了宁蒙，没人担心期末考试，因为只要没有大脑器质性损伤，考试再也不是问题。电信号灌输的结果是每人都可以轻轻松松通过考试，成绩只有 A 和 A+ 的区别而已。

苏铁一个人坐在食堂靠窗的位置，一声不吭地吃盘子里的炒蛋，听见旁边两个同学在聊天。其中一个佯装失望地炫耀着："今年又是跟爸妈去星际旅行，好无聊啊。你呢？"

"去环球。"

"环球啊，嗨，我早就玩儿腻了。"

"吹吧你。"

苏铁默默听着，感觉好笑。"环球"其实就是一座虚拟主题公园，只要任选一部你喜欢的电影／游戏设定，躺进那台机器，就可以产生无比真实的幻觉，从气味到感官，都进入了电影里那个世界，你还可以任意设计剧情，让自己赢得魁地奇冠军，或者进入金字塔大战木乃伊……不仅剧情，时间感也是可以任意压缩、拉长的，你可以感觉你在电影里活完了一生。

但不管你的脑中旅行多么真实、刺激，最终，你还是在一台冰冷的机器里醒来。

苏铁不想听旁边俩人吹嘘下去，迅速吃完早餐，赶去教学区。今天该苏铁值日，也是期末考试的最后一天。

他用指纹打开班级的机房，预热传输机。同学们陆陆续续都到齐了，戴上电极头，苏铁则上传了考勤记录。监考教授确认人数都到齐了，便临时勾选了知识题库，系统生成不同的大量试卷，随机发放。

每人拿到的题目都不一样，所以交头接耳或者作弊都不可能。大家默默在各自的电屏上作答，随着不断地下滑、点击，很轻松的，大部分人都提前做完了。到了考试时间结束，电屏倒数三秒，系统闪退，自动交卷。

苏铁收拾桌椅，整理电极贴片，消毒，放回原位。走到最后一排，他看见宁蒙虚弱地，趴在桌子上，擦着鼻血，很难受的样子。"题目好难啊，我根本记不住。我可能及不了格了。"

"没关系的……考都考完了，别想了。我先扶你回去休息吧。"

9

鉴于特殊情况，舍监允许他前往女生寝室楼层。

站在宁蒙的寝室门口，苏铁朝里面一望，发现小房间经过了仔细的改造，特制的墙壁隔绝了电磁辐射，所有的布置、物品，仿佛都来自另一个时空，有很多东西苏铁都没有见过。

"进来看看？"宁蒙邀请，"但是请摘下眼机放外面好吗？"

"噢，对不起。"苏铁将眼机关闭，锁入门口的那个小牛奶箱，才进了屋。

桌上有很多书，一叠圆形的碟片，中间有孔，像圆镜子一样，一面印着文字图案，另一面光滑，泛着棱镜才能透出七彩光泽。苏铁端详的时候不小心照见自己的脸，赶紧放下。

"那是 CD 唱片。"宁蒙介绍。

苏铁又发现了一根从来没见过的塑料线，插在电脑一个奇怪的接口上,"这根线是干吗的?"

"网线,用来上网的。"

宁蒙用那张"镜子碟片"播放了一张唱片,转身从冰箱里拿出一个玻璃罐子。打开来,有一股带着酒精的甜香味。宁蒙拿了一把勺子舀出一碗,点燃乙醇炉子,煮了热牛奶,放了一些小小的白白的汤圆,还打了一只鸡蛋。熟了之后,端给苏铁,说:"尝尝吧。"

苏铁困惑地,小心地闻了闻,"这是什么?"

"甜米酒。很古老的食物。"宁蒙解释道,"我妈妈给我装的。"

"你跟你妈妈很亲近吗?"

"难道你跟妈妈不亲近吗?"宁蒙仿佛对此很意外。"……好吧,反正我们一家人都很亲近。我最大愿望就是父母永远不老,永远陪我一起生活。"

苏铁的确吃惊,但又对此道德正确感到无可反驳。他低头喝了一口甜米酒,发现味道出乎意料的好,接着就一碗一碗地止不住了。很快,他感到丝绒一般的微醺。不知什么时候,窗外飘起了雪。镭射碟片再次播放完了,一切都安静下来。

"你从小生活的地方是什么样子?"

"到处都是绿色的。阳光把几片青山的颜色一层层漂白。到了雨季,常常一阵阵暴雨,夜里,雷电像毛细血管那样密集,躲在屋子里，闭着眼睛都能感觉天空被划伤。"

"听上去像一座心屿。"

"你呢？你从小生活的地方什么样子？"

他想起红窗帘。想起钢琴。他不想回忆下去了。很久没有和人这么面对面、肩并肩聊天了，原来真实的交流这么……不同。不像是在眼机的虚拟屏幕上，或者星历直播现场的那种线上对话。他们置身此时此刻，一起吃着同一份食物，感受到同样的味道、香气，看见同样的窗外的雪。他们用舌头和嘴唇发音，说出真实的有声音的对话，感受语气停顿，对方的面部表情。那是一种真正的，零距离感。

到了晚饭的铃声响起，苏铁才想起该回寝室了。走到门口，宁蒙说："别忘了拿你的眼机。"

苏铁打开牛奶盒，取出眼机戴上。刚开机，母亲二十三条讯息蜂拥而至，涌到眼前，苏铁还没来得及看清，母亲的电话就来了。

"啊？！大晚上的你要跑来干什么？"苏铁吓了一跳。

"……"

"我没事儿啊什么事儿都没有啊？我就是跟同学说话去了，关闭了眼机……"

"……"

"哎呀喂……哎呀……真的没事!"

苏铁挂掉电话,神色颓丧。宁蒙问:"怎么了?"

"我妈……已经到了塔下了。"

"为什么突然来?"

"我忘了开机,她以为我出事了——先不说这个了,我,我先……我先回去刷个牙,你闻……闻下我身上酒味儿浓么?"

宁蒙凑过去闻了一下,摇头,又像点头。

苏铁恳求:"你……能不能帮我打扫一下房间?"他胡乱找出一件大号的帽衫,"套上这个,压低帽檐,跟我来。"

等去到苏铁的寝室门口,一开门,宁蒙呆住了:"这不是干干净净,好好的吗?还要打扫?"

"唉……"苏铁苦着脸,"你就再弄干净点儿,死角、窗台、门背后什么的,再擦一下。床单别有皱纹。"苏铁手忙脚乱地换衣服,胡乱刷牙,哈着气,不断检查自己的口中有没有酒精味儿,又扯着领口闻了闻,确认没有了异味儿,这才叮嘱说:"一会儿我让我妈在餐厅坐会儿,拖延时间,你打扫好了,告诉我。"

苏铁一连说了很多个"拜托了",然后匆匆跑向了电梯口。

10

电梯缓缓下沉,苏铁盯着金属门上自己的脸。母亲跑来要干吗?至于吗?不就是关机一小会儿?苏铁心烦意乱,神经质地整理仪容,时不时手捂住嘴,闻一下还有没有甜米酒的味儿。

叮的一声,门开了;苏铁第一个冲出电梯厢,摁开几道关口,快步走过去。

母亲站在塔基大厅,肩上都是雪花,有些融化了,弄湿了大衣双肩,发丝也滴着水。远远地,苏铁先一步看见母亲湿透的样子,一阵强烈的内疚袭来,出口变成责备:"这么大晚上的,又下雪,折腾什么呀?"

"你竟然关机了,星历上也是一片黑屏,不晓得你在干吗,要吓死我么你?"

"我没干吗啊,就是跟同学聊天!"

"聊天关什么机?"母亲的语气充满责备,而又如释重负,"吓死我了,还以为你出事儿了……好了好了,没事儿就好,一学期没见着你了,就来看看你……"她说着,伸手就要抱他。

苏铁强迫自己把身体迎上去,犹豫着,双手却死死贴在裤缝两侧。

就在这时,越过母亲的后脑勺,苏铁赫然看见大厅的电子钟,鲜红的日期提醒了他——糟了。

"你看你都忘了——"

"——妈妈生日快乐。"苏铁抢先一步说。他瞥见有的同学从他身边路过,投来奇怪的目光。苏铁赶紧把双手伸到背后,解开母亲的手,挣脱了拥抱,问:"吃饭没?走吧,去食堂吃点东西?"

母亲点点头。

寂静的电梯厢里,每个人都漠然地站着,貌似直视前方,其实都在刷着自己眼机上的虚拟屏幕。有人的眼机款式甚至是个大墨镜,看上去有点可怖。

只有母亲一个人在说话,她絮絮叨叨一路上车速太快,晕车,难受,吃了一块面包,水都是冷的……内容琐碎,声音还不小;苏铁十分尴尬,又不敢制止,只好用很低很低的声音做出示范,暗示母亲:"小声点,一会儿坐下来说。"

在食堂坐下后,母亲只看了一眼菜单,就放下了:"看你喜欢的,随便点就是了。"

苏铁硬着头皮点了几道;母亲说贵,显得不太高兴——苏铁清楚,要是真的什么都不点的话,母亲会有另一种不高兴——所以还是点吧。

"你好久没来看我了。"母亲有点抱怨。她指的是苏铁很久没去自己的星历上点赞、留言了。母亲永远都在打扫卫生,谁会去看一个中年人直播打扫卫生呢?苏铁实在受够了天天设闹钟,提醒自己去母亲的星历下面签到。

不知道母亲是真的不领情,还是装作不领情——苏铁出现在母亲的星历上的时候,母亲会说:"又来看我干吗啦,你去忙功课啦。"而等自己不去看的时候,母亲又抱怨:"你好久没来看我了。"

"……最近忙。"苏铁头也不抬,敷衍道。

"忙什么呐?"

"……还好,也没什么……"

"以前,你都是提前一个星期就给妈妈刷生日礼物的……长大了你就变了。"母亲这么一说,苏铁不知道怎么接话了。他用喝水来掩饰尴尬,却感觉从头到脚都在被母亲的眼光扫描,浑身都不自在。他有些恼火,说:"你不是不喜欢那些虚拟礼物么,每次都说,'买这些没用的干吗?!'"

"妈妈没说不喜欢啊!你给妈妈刷的游艇啊花儿啊啥的我全都保存着的。"

苏铁咬着腮帮子,借口上厕所,想离开一会儿。他冲进隔间,把门反锁,火躁地狠狠踹了一脚马桶。脚趾钻心地疼了起来,他更窝火了。苏铁搓了搓头发,使劲儿摁了冲水键,盯着马桶的深喉,漩涡正在卷入。怎么办呢，他是不是该送个什么礼物？

宁蒙回到自己的房间，登录电脑，告诉苏铁说："你的房间打扫完了。"

"谢谢谢谢谢谢……"苏铁回了一大串。

"别客气。"

"等下，"苏铁厚着脸皮又说，"……能不能麻烦你，赶紧帮我买个礼物，我妈今儿生日，我给忘了，你买了就帮我放在寝室，适合中老年的就行。"

"现在吗？"

"对，现在。"

"好。"

苏铁感动得几乎快要给马桶下跪了，又厚着脸皮补了一句："记得买了就放到我寝室啊，门的密码是XY98754。"

"放心。"

宁蒙的回答除了"好"就是"放心"，这让苏铁感激而又自愧。他心乱如麻，按了冲水键，想把这些乌七八糟的心情全都一股脑冲掉。

苏铁一边洗手一边深呼吸，换了一副脸色，佯装镇定地回到餐厅，继续和母亲吃饭。

母亲好像吃不惯，又舍不得浪费，一口一口慢慢吞。

苏铁心想，慢点也好，不知道宁蒙什么时候才能把礼物送来。就在他偷偷看短讯的时候，母亲喝着汤，小声嗔怪："看什么呢。"

苏铁只好掐掉屏幕，反扣；佯装专心吃饭。他的双腿在桌子下面一张一合，神经质地抖着。拖延了一个小时，饭吃完了，茶也喝了。时间已经很晚了。趁着买单的机会，苏铁才又偷看了眼机，宁蒙已经留下了一句："礼物放在你书柜上了。"

11

母亲喜欢不请自来，突击抽查苏铁的生活状况。苏铁每次都说："下次你别这样了。我这么大了，没事儿的。"

"下次？难道你会请我来吗？我这不是好心，免得耽误你上课？"母亲说着就要生气了。

苏铁叹一口气，只好沉默着带她去寝室。上电梯，穿过回廊，母亲喋喋不休一直在说话，令苏铁感觉走廊无比漫长，简直走不到头似的。打开门，苏铁第一时间瞄到了书柜上的礼物，一个箭步跨上去摘下来，"生日快乐，你看，我给你准备了的。"他把礼物塞给母亲，尽量挤出笑容。

母亲疑惑，捧着看，"是什么？"

苏铁赔笑："拆开就知道了啊。"

他也好奇宁蒙买了什么；趁母亲拆开，也凑上去看——是一只智能宠物，外形是企鹅。这可太贵了，他心里一紧。本来只想让宁蒙买个普通礼物就好的。苏铁扫描了一下包装盒上的条码，说明书显示在了眼机的虚拟屏幕上，看上去很复杂。

"早听说这个了，不是说很贵吗，你哪儿来的钱？"母亲把玩着那只企鹅，问。

"这你就别管了。"

"别管？你不准乱来啊，别去搞些杂七杂八的。"

"怎么可能？奖学金换的！"苏铁不耐烦了。

因为还未激活，企鹅的眼神显得缺乏神采。身形倒是逼真，也没有臭味，永远不会随地大小便。针对服务老年人，只要将足够的数据输入给它，经过短时间学习，智宠就能模仿孙儿辈说话，陪老年人聊天忆当年——无论交谈多么啰嗦，无聊，语速多么缓慢，智宠永远不会失去耐心。它还能设置游戏、麻将、桥牌，锻炼记忆力，预防阿尔茨海默症。它能按摩老人的脚，监控老人的体征信息，万一心脏病犯了还能第一时间报警……当然，还能打扫卫生（虽然那效果，母亲不见得会满意）。

母亲显得很受用，但又不免哀伤。"看来我是老啦……"她显然对机器兴味索然，很快就放下了。她转身扫视房间，苏铁低头设置企鹅的各种功能，余光却瞟着母亲，攥紧了心，生怕房间还留下什么把柄。

"还挺干净的，就是窗户外边儿，擦不到是不是？"母亲检查着，缓缓走到床沿，捻了捻苏铁的床单，感受厚薄，问："盖这么少，冷不冷？"

"我都快热死啦。"

"别一天到晚待在暖气里，多出去走走。"母亲一边说，一边装作不经意似的，继续捻着被子，掀起来，用余光检查苏铁的床单——眼看就要撩到床单中央的那团痕迹了，强烈的羞辱感令苏铁彻底火了，他顺手把书包扔过去，压住被子，吓了母亲一跳。

"干吗啊？没轻没重的！"母亲生气了，"书包这么脏，怎么往床上丢！"

苏铁冷冷说："我一会儿有课。我得收拾东西了。"

"不都期末考试了吗，晚上还有课？"

"就是去复习。"

母亲悻悻地，"那你去吧……"

"那你呢？"

"我……这就走。"母亲说。

"你这么大老远来,又是为了抽查一下我的房间?!"

"什么叫抽查?我就来看看你,还不行了?!"

"你看我星历还不够吗?"

"你星历对我开放了多少?"母亲眼里包着泪花儿,嘴唇颤抖着。

一股内疚涌上心头,他一下子就泄气了。他的确是屏蔽了母亲的,只开放了一些上课啦打球啦什么的公领域内容。母亲其实什么都清楚。

"下次不要这么大老远折腾了。要来,提前说一声。"苏铁开始穿外套,想借此示意该散了。

送母亲到了塔外的那一刻,川流不息的车辆来来往往滑动,他犹豫了一下,"要么你别回去了,就在我房间住吧,明天再回去。"

"就那么窄一张床,算了,我打呼噜,你也睡不好。"母亲一步跨前,站在路边等出租车,挥挥手。

"回来,危险。我帮你叫车。"苏铁选了最贵最好的车型。等待的间隙,母亲像个乖孩子一样站在路边,安安静静地,规规矩矩地,望着路边那些匆匆忙忙低头走路的年轻人。这个世界真叫人糊涂,变化太快了。人年轻的时候真不一样啊,走路都带着风,母亲心想,算了,这些孩子……孩子就是孩子。知道他们平安就好。母亲心里这么想，嘴上说出来的是："都要走了，还不跟妈妈抱一抱。"

"我在给你叫车。"苏铁冷着脸回答。他也不知道为什么，心底明明也想靠过去，挽着母亲抱一抱，可就是动不了，而且语气一出口就带火。

接下来是空白的几分钟，母子俩像两座雕像一样硬生生并肩立着。谁也没说话。苦苦祈祷中，出租车终于来了，打开了车门。驾驶系统朝他们问好。

车门关上的瞬间，母亲隔着玻璃看着自己：悻悻地，矮矮地，那眼神无助地像个被遗弃的孩子。就在苏铁要转身离开的时候，她突然按下车窗，问："寒假，你什么时候回家？"

"再说吧。"

"什么叫再说吧？"

"我要补课。"

车开出一阵，母亲回头隔着玻璃后窗跟苏铁挥手。苏铁也挥手。他不知为什么，心仿佛被车门夹扁了似的疼。车一转角，一切如同凭空消失一样。突然苏铁强烈地懊悔，没有留母亲多坐一下，或者第二天陪她吃一顿合胃口的早饭，再走。

虽然再来第二次，他还是不会留母亲多待一会儿的。

晚上苏铁没有自习。害怕一个人回寝室会难受，于是决定随便找一间教室走进去。随便什么课，都行；头一次，他觉得只要跟人坐在一起，周围有一点人声，他的心里就会好受些。

苏铁碰了一下太阳穴，切换语音指令，用眼机查了一下即时动态课表，高年级的哲学系还有一堂开放课，教室是165层201B。苏铁木然走回去，上楼，推开冰冷的灰色大门，坐到了最后一排的空位。

他自己贴上电极头，闭上眼，向后躺，深呼吸。一个信号片段向大脑灌输进来：

……哈耶克在《通往奴役之路》中写，从伏尔泰，到康德，都认同一个观点：即如果一个人除了法律，不需要服从任何人，那他就是自由的……

真的是这样吗？如果上不上课，工不工作，甚至来不来到这个世界都由不得你选择，所谓的自由真的存在吗？

这时候苏铁才突然想起，母亲其实根本没有带走那只企鹅——忘记了；或者，本来就不是为了它而来的。

就这样，苏铁坐在教室最后一排的角落，感觉泪意堆积如山，巍峨将倾。他什么也做不进去，来回神经质地刷着眼机，给宁蒙发去一条信息："谢谢你……今天你真的帮了大忙了。"过了一会儿，他又说："都不知道怎么感谢你。"

"礼物的钱，我会分期还给你的。"

电脑上，一声声消息提示跳出来，宁蒙却根本不想理会。她正躺在床上，对着天花板，为不及格的成绩单发愁。没有人能理解这种烦恼，那些贴着电极头的同学不可能体会得了每天起早贪黑背书的辛苦。一阵委屈涌向心头，她翻了个身，把脸埋在枕头里边儿，不知道是不是大哭一场就会好些。

枕头上有着她喷洒过的一款香水，是临走前母亲送给她的，叫"森之晨"，每天晚上她都喷一点在枕头上，闻着，就好像置身在下着雨的，辛香的，幽暗的密林中。

12

随着期末考试成绩单一同发下来的，还有知识储备记录。学期总结大会在大厅举行，塔长将自己的全息影像放大到四层楼那么高，对着扩音器长篇大论，滔滔不绝，而台下所有人都戴着眼机，眼神疏离，在各自刷着各自的虚拟屏幕。出于自我安慰，塔长宁愿相信他们都是在看推送到眼前的自动翻译演讲稿。

这比过去好多了，塔长心想，起码现在每个人都站直了直视前方；在许多年以前的手机时代，塔长曾经俯瞰过一整个大厅的低垂的头颅。所有人都在低头玩手机，低得那么认真，看上去像是在集体认罪。而且一旦从背后某个角度看，前面的人简直就是像遭遇了斩首似的，头已经被自己的衣领遮住了。

只有苏铁一个人站在"知你所应知"的字迹光影里，他的眼神是真实的，在左顾右盼。

一个细思极恐的问题又蹦出脑海，是谁规定的那个"应"呢？还有，既然演讲稿可以发到眼机上，甚至直接灌输给我们，那为什么还要举行仪式，站在这儿听塔长说？

苏铁仰着头发愣，被塔长注意到了。"那位同学，你到处看什么看？"

苏铁意识到被点了名，只好也把目光收回，点开眼机，打发时间。成绩单上，宁蒙倒数第一，刚好给自己垫了底。这多少让他感到安慰。

"你父母会揍你吗？"他忍不住问宁蒙。

"揍？？为什么？？"

"也不骂？"

"为什么要骂？他们爱我还来不及呢。"从宁蒙回复的表情，他感觉自己问了个愚蠢的问题。

大会结束后,大家一哄而散,急着放假回家。法律系的Z教授正在匆匆离开,苏铁见了,赶紧跟上去:"请问,我能借用您的知识库传输机吗?"

"为什么?你是谁?"Z教授没有停步,径直走向电梯,苏铁不得不小跑跟上去,"我转系的申请一直都没有批下来,我想利用寒假时间补法律系的课。"

Z教授回了个头,从头到脚仔细打量苏铁。想起来了,这个每次都从时尚系跑来旁听的孩子,黑皮鞋,白衬衣。好像就没换过。

电梯厢静得出奇,只有他们两个人。Z教授问:"你为什么要来象牙塔呢?"

"是我主动放弃奥德赛号的。"

"你好像没有回答我的问题。"

"兴趣啊。知识比什么都性感。"苏铁耸耸肩,装得很轻描淡写。

"你可以跟我说实话的。"Z教授意味深长地看了他一眼,就这一眼,叫苏铁沉默了。Z教授面对金属门,自言自语似的说:"在这里,你虽然只花五年就学了这么多,比同龄人快了好几倍,但你被灌输的只不过是'信息',这样的学习,只不过是把你的大脑变成了一个小小的U盘而已。我看过你的资料,凭你的天资,选择象牙塔,一定有别的原因。"

苏铁的脸扭向一边。

"也许你停下来，思考一下，就会发现'知识就是力量'，不如说'知识就是权力'。多和你的阿尔法聊聊吧。如果你还能看得见他的话。"说完，叮的一声，电梯门洞开，Z教授先一步离开了，"借用机器当然没问题，你自己去跟系长说一声，我授权了。"

13

寒假的象牙塔，人去楼空，寂静得可怕。大部分区域开始关闭，只给留校生开放了一部分必要设施。苏铁毫不介意这种冷清，这恰好是他享受的。某些时刻，站在走廊尽头望向塔外——晓来风，夜来雨，层云叠移，感到模糊的自由。

不知什么时候起，母亲对他的规训，已经内化为一种自然，变成某种习惯。克己，自律，孤独，使得他跟同龄人格格不入。苏铁没有对母亲开放星历，而事实上即使开放也没问题，因为他的每一天都是循环重复——寝室、教室、健身房、壁球场、游泳池、图书馆。苏铁的生活范围一般不超过塔内第188—230层的区域——低年级学生所需的一切设施，都在那儿。

苏铁最喜欢第193层的那间公用小厨房。位置偏狭，极少有人来用，很安静，窗外恰好是一片海湾，晴天的时候犹如一面银毯，海岸的弧线拦截了倾泻而下的人工草坪，层次分明。

每天学习完毕,他会偷偷将公用厨房的门反锁起来,放上轻音乐、排箫,或者萨克斯风什么的,再烤上一点儿牛前排,或者仅仅是煮一壶茶,站在微波炉面前等候"叮"的那一声。他可以在这儿待上一整天,抱着电脑,贴上电极头,自行灌输《量子物理》《西方法哲学史》,或者只是望着窗外发呆。

由于自然环境彻底破坏,天气恶劣无常,有时候猛降温,有时候又暴热。厄尔尼诺与拉尼娜现象交替出现是常有的事。人们早已习惯了生活在有中央空调保护的室内,而农业则是工厂化的转基因无土栽培,所以天气好像并未影响什么。

已然是冬天了,昨天刚刚飘过雪,而今天又升温得厉害,到了夜里,窗外满是迷路的闪电,豪雨如烟,滚滚黑云仿佛要把巨塔的玻璃之墙彻底压碎。晚饭时间到了,他打完壁球,洗了澡,就去到小厨房做晚饭。

四下安静、安全,弥漫着让人无法抵御的香气。苏铁啃着鸡翅,发呆,看着厚厚的玻璃墙外,无声的雨帘斜斜地挂着,闪电暴躁地刺穿苍穹,雷声却被隔音玻璃削弱,显得很远。

敲门声响起。苏铁非常扫兴,会是谁呢?他很想独占这块空间,但又不得不开门。

宁蒙捧着一盒便当站在门外,犹豫地问:"可以……帮我加热一下吗?"

"你还没回家?"苏铁见到她很是惊讶。虽然同住在一座巨塔内,但彼此之间很少串门。要是不去对方的星历上 check,也不知道对方就在百米之外。

"我还要留下来补考……"宁蒙的声音很小。

"噢……进来吧。"苏铁侧身让开,宁蒙却不敢动,"请你帮我加热一下好么?"

"你不会用微波炉吗?"苏铁问。

"我有过敏啊……"

"不好意思,老是记不住。"苏铁赶紧接过了饭盒,帮宁蒙加热了。宁蒙站在门外,根本不敢进来,仿佛室内有核辐射。三分钟加热时间显得很长。苏铁说:"我还以为你回家了。"

"补考完就回去,你呢?"

"我不知道……"苏铁转身走到桌子旁边坐下,打开便当盒子,沉默地吃了起来。

"难道你的父母要打你吗?你可以上报系统,他们会被吊销监护人执照的。"

"没有,他们也不打我。"苏铁不知道自己为什么要撒谎,但他不打算弥补了。他的眼机提示有来电,宁蒙见了,赶紧回避,端着饭盒离开了。

苏铁接听,是母亲。她噼里啪啦地问了起来:"我听说你们都放假了？考完了？放假了你为什么不回家？……"

大概问了十多个问题之后，母亲才安静下来。苏铁不急不慢地说："我在学校补法律系的课。"

"给我回来。马上。哪有放假不回家的道理？"

14

空轨列车坐满了回家的学生，每个人都安安静静地坐着，目光空洞地刷着眼机，而有人干脆戴着 VR 头盔玩游戏。

苏铁在最后一节车厢的角落，看着有人不经意间露出一抹很突然的窃笑，大概是来自眼机虚拟屏幕上的什么好笑的东西。从外人看，那样子诡异极了。苏铁把脸转向一边。

城市景观被列车裁成了两半，穿过一块又一块全息投影广告，快得什么都看不清。能看清的只有玻璃上倒映着的自己的脸。他扭开了目光，真想早日告别这副脸，这一套"受之父母"的肉身。需要忍耐，他劝告自己，等到了十八岁就可以了。

空轨列车平稳，安静，行如滑缎。短短打了个盹，两千公里就消失了。列车进站，苏铁一眼就看见了母亲，当然母亲没看见他。

母亲神色茫然，眯着眼睛，徒劳地搜寻着；好像已经等了很久的样子，抱着双肘，来回踱步。

他从背后走近母亲，冷不丁地，"嘿。"转脸的瞬间，苏铁看见母亲老了。颧骨上竟然生出了老年斑。几块浅黄色的斑点，触目惊心。

"昨天自动化妆仪坏了……还没来记得去买新的，我急着来接你，没收拾。"母亲解释道。

15

真不知道母亲做了多大一桌菜。

苏铁一边看电屏一边等着，母亲一直在厨房忙碌，喊了三遍"开饭啦，快来吃"，还在不断上菜。

苏铁关掉电屏，乖乖坐到了餐桌边。

桌面上已经有六个菜了，母亲还在厨房忙碌着；苏铁开始动筷子，又觉得似乎不该一个人先动筷子，于是叫母亲："别忙乎了，快来吃吧。"

等母亲终于端上第七道菜，解下围裙，到餐桌边坐下的时候，苏铁几乎已经吃饱了。他感觉其后的每一筷子都是在死撑。

母亲完全没怎么吃，从头到尾一直看着苏铁，沉迷于参观他进食。母亲一边盯着他,一边不停地说:"来,尝尝这个,尝尝那个。吃这么少,又瘦了。"

大概是太久没人说话了,母亲一顿饭几乎没有吃两口,一直在说话。母亲不停往苏铁的碗里夹菜,布置他吃了这一口下一口该吃什么。苏铁整个脑子嗡嗡的,什么都没听进去,什么胃口也没有了。

洗碗的时候,苏铁想帮忙,母亲说:"我来我来,你不会弄";苏铁只好坐回沙发,戴上头盔看 VR 电影打发时间。母亲把厨房收拾完毕,便来到客厅,一边倒茶,一边说:"这么大了,也不会做点事儿,帮帮手。"

苏铁只好取下头盔,起身去拿吸尘器。母亲喝止了他,说已经扫过了,别折腾。茶泡好了,来喝一口。

苏铁不想喝;母亲就悬着手腕,也不放下水杯,端着,端到他面前,不说话。

僵持了三秒,苏铁只好喝。

喝完,苏铁放下水杯,母亲立刻抓了杯垫:"哎呀,别放这儿啊,留水印子呀……一碰就洒了。"

就知道会这样。一回家,他连把水杯放哪儿的自由都没有,没有任何事是对的——没有任何事有可能做对。

如果把水杯放左边,母亲就会要他放右边,顺手;

如果放右边,母亲就会要他放中间,方便;
如果放中间,母亲就会要他放左边,不碍事儿。

太久没见了,母亲忍不住一直盯着儿子看,一寸一寸地观察他,目光像剥一颗滚烫的、壳与肉粘连得太紧的鸡蛋那样,小心翼翼地,一点一点地剥着他,仿佛想要剥开他的心扉,剥开他的话匣。但一无所获。苏铁沉默如同俄罗斯套娃,抽掉外壳还是外壳。

洗碗的时候,她毫无章法地试图与苏铁交谈,却被他的沉默反射了回去,变成独白:"你看你穿的,头发,蓬呲呲的,啧,真是的,你小时候那样,多乖。你看你现在。欸,你在象牙塔都接触些什么人呐,欸,李吉假期回来了吗?上次我去看她星历,直播唱歌,哟喂,那嗓子,跟小时候一样亮堂。多好听,你看你,回来也不吭声,就知道吃,吃了就坐着;欸,话说你真的别去什么法律系旁听了,没出路,我都替你查过了,没有哪家律所会要刚毕业的学生,你就听我的啊,搞艺术才是正经事……"

母亲没完没了地继续着,苏铁感觉五脏六腑都要井喷,想掀翻茶几,掀翻整个家,掀翻所有过去,把它们从窗子统统扔出去。这个冲动如同活塞一样生猛,不断冲压。

"假期你做点正事儿吧,把钢琴捡起来?欸,你听见没?还有你这头发,收拾收拾……"母亲说到这儿,仿佛最后一锤,砰的一下,苏铁情绪爆发了起来,"你就安静一会儿,行不行?!?!"

母亲被震得一时说不出话来,连苏铁自己也被吓着了。他还从来,从来,没有这么对母亲用过这么大的嗓门。

但母亲很快就回过神了。快得苏铁来不及闪躲,霰弹枪似的,就被母亲回以更高的嗓门,更猛的火气,一阵扫射。

苏铁赶紧钻进自己的房间,摔上门。他感觉房门被字字句句打成了蜂窝眼。

房间里没有厕所,他不敢出去,只能憋着。无聊中,他买了回象牙塔的车票,一分钟都不想多待了。除此之外他无事可做,时间显得多余,冗长,他徒劳地刷着几个朋友的星历。

李吉正穿着 VR 装具,在跟孢子们连线,共同酣战一款枪击游戏,十分投入。

宁蒙正在厨房和父母一起洗碗,聊天,其乐融融。还从未见过这么新奇的厨房,灶台里是燃烧的是……难道是……木头?苏铁点击焦点放大,仔细端详。

真的是柴。天啊……这也太奢侈了!这样的厨房他只在电影里看过。"瓦尔登纪念公园美吗?"他没话找话。

"当然了,你要不要来看看?下周我的生日呢。"

"无人机 live 可以吗,我在这边连线?"

"……对不起,我的身体恐怕受不起辐射……你要来的话只能亲自来。"

一想到自己要置身于他们一家人中间,苏铁就退却了。"那你们还是一家人好好聚吧,下次再来。"

"好吧……"

"嘿,提前说,生日快乐。"

16

宁蒙生日那天,父母带上一张印着墨绿格子的野餐毯子,做了一只烤鸡,洗好樱桃,榨了一瓶新鲜酸梅汁,一家人一起去野餐。

山路无人,四野都是清雾,幽林中飘来阵阵鸟鸣。停等红灯的时刻,他们就打开车窗,呼吸新鲜空气,看天空中的鹰。一路音乐,刚好放到了那首《You belong to me》。坐在前座的父母忽然相视一笑,不约而同又回过头看看宁蒙,她睡熟了。

这首歌把他们突然带回了多年以前的那个时刻。一个经过一段隧道的时刻,正好也放着这首歌。他们的车堵在隧道里,随着一段不长不短的队伍,缓缓挪动,安安静静,在黑暗里,一点点接近尽头的微光。

音光荡漾，弥漫了整个狭小的车内空间。他侧过头，看见她的长发也像旋律一样柔和。隧道里的暖色灯光，溶解在吉他声中，他感到他一生都不会再有这么黄金般的时刻了。那是种哀伤而急迫的心情，一生中后悔的事已经漫山遍野，他只有这一次机会，遇到这样一个人，抓住她，抓住手中这一把沙。

他等不及了，从口袋里掏出早已焐热了的戒指盒。就着曲子里第二十七小节的行板和弦，说："我们结婚吧——哪怕生活有时候就像一条黑暗隧道，我也想和你一起，渐渐接近尽头的光芒。"

她很惊讶，整个人背靠座椅，不敢侧头。

轻微的一下声响，他打开了戒指盒，把它放在仪表台上，正前方。

车开出隧道的那一刻，周围全都亮了起来，戒指也被照亮了，闪着光。他说："……我真想每一天都与你签订一次婚约，告诉你：余生每个今天，我都是爱你的。"

"……直到所有的今天的尽头，"她忍不住啪的一下解开安全带，在滴滴滴的提示音中，不顾一切地抱住他，"我们结婚。我们要生一群孩子，和我，和你一起，我们就在瓦尔登湖，永不分开。"

他把戒指戴在她的手指上，她笑了，那样子真像瓦尔登湖早春的晨光。那个瞬间仿佛被光芒渗透的水底，两人并肩默坐，模糊，寂静。那是一枚温存、柔软的瞬间，薄薄的，吹弹可破。

这一幕一直在她的星历记忆中被置顶。

她知道在这颗星球上，再也找不到这样一个生活在瓦尔登湖的男人了。自从第一次见到瓦尔登湖，这里就成了她朝思暮想的心屿。她一再于梦里，于川流不息的空轨上，于令人窒息的地铁中，刻骨铭心地思念着瓦尔登湖。她渴望回到这里，和森林，和爱的人一起生活。

结婚当夜，他们相拥而眠，坠入一片稀薄的梦境。她看到他的心屿就和瓦尔登湖一模一样，青绿色的，温柔如水波一样的世界，寂静得只有云雀的蹄声打破雾色。也就是在那个夜晚，他们有了宁蒙。

没有婚前检查，没有基因超市，就是一个男人和一个女人，在爱与欲的本能中，创造了（也许是世界上最后）一个自然分娩的人类婴儿。

一梦过去，醒来是一片寻常生活；琐事一点一滴，在婚约的堤坝之围，春蓄秋积。他们整修了房子，刷了清漆。整栋房子散发着木质的香气。推开窗，森林竟是彩色的，黄桐红枫，青松绿竹，放眼一片烟络横林，山沉斜照。所有云摇雨散、露晨月夕的日子，一房，二人，三餐，四季，某种意义上，他们二人活成了一对标本。一对人类古老生活方式的标本。

直到他们发现，这个自然分娩的孩子，遗传了父亲的缺陷，EHS 综合征。

17

生日那天的野餐很开心,但下午风雨大作,他们不得不提前回家。晚上,一家人在小木屋里吃了晚饭。父亲洗完了最后一只盘子,把它放上沥水架,擦干手,看了看妻子,得到了某种鼓励之后,才郑重地对宁蒙说:"孩子,把星历切换到私领域。我们有话要和你说。"

"什么话?"

"先切换到私领域,"母亲附和道,"我们有一件东西要送给你。"

宁蒙感觉父母的语气神秘极了,她忐忑而雀跃着,跟着他们穿过小院子,来到父亲的车库工具间。

随着卷帘门缓缓打开,她被眼前的一幕惊呆了:一个一模一样的自己,就站在自己面前。

宁蒙几乎是恐惧的,一动不敢动。面对一个比蜡像还真实一万倍、一模一样的自己——还未激活,立正,双眼直视前方——她感觉毛骨悚然。一阵诡异的晚风吹进车库,她警觉地瞟了一眼外面——除了树林,什么也没有。父亲的脸,被外面晃动的树冠涂抹上一层阴影,显得犹豫不决,"来看看你的……义身X。"

"为什么要给我这个？！"

"总有一天，我们都不在了，都不能保护你了的时候，X 还会在。你越小和她一起成长，她越能更快地习得你的性格、习惯……"

"可是我不想要 X……我早就说过了，我可以的！这学期我在象牙塔已经坚持下来了！我有单独的寝室，我自己在图书馆自习——"她提高嗓音反对。

"你就当它是个更高级的智能宠物，别这么抵触好吗？"父亲劝说着。

"你不能一直像我们这样躲在这林子里……"母亲走过来，蹲下，捧着宁蒙窄小的肩膀，"你要去象牙塔，你要毕业，你拿到正常的学位，工作，你要回到真正的社会中去，你不能一直这么待在家里。"

"我这不是已经去了象牙塔了吗？"

"可是你的补考通过了吗？你这样的学习速度，怎么能跟那些贴着电极头的同学相比？"

"……我已经尽力了，我每天在图书馆学到半夜……"

"所以啊！所以！！我们必须弥补我们带给你的缺陷……对不起……"母亲眼睛发红，"对不起，我们当初多么自私，没有给你最好的基因，就生下了你……让你受苦……"

"相信我，孩子，"父亲说，"你的一生还很长。而我们……不能陪你那么久。"

"爸爸你是不是去捐寿了？！"宁蒙突然警觉起来。冥冥中她知道这个义身昂贵至极，这是肯定的，因为就连她送给苏铁的那只智宠企鹅都贵得离谱。

"爸爸你还能活多久……？你们怎么都不跟我商量就……？！"宁蒙的眼泪止不住地涌了出来。

"没有，没有，你父亲没有去捐寿，"母亲抱着她，"这个机会之所以千载难逢，就是因为它还是个原型机，免费的。这项试验也是机密的，我们都签署协议了。"

"你们凭什么就签署协议了？"

"我们是你的监护人，我们有资格这么做。你也必须保密。"

"……"

宁蒙一时无言以对，这事儿太突然了，她从小就担心这一天的到来，终究还是发生了。那个和自己一模一样的义身依然面无表情，立正，直视前方。宁蒙看得发怵，她擦干眼泪，徒劳地哀求："我不要替身……"

"孩子，真的很对不起，这是我……唯一能给你的了。"父亲很沉痛，"我不想你和我过一样的人生，做个守林人，孤独一生……你要出去，你要有正常的生活……"

"可是你们俩就一起在这儿过得好好的啊？"

"这只是运气!我能找到你妈妈这是一百亿分之一的幸运!等你长大,找不到愿意和你来这儿过这种生活的伴侣,怎么办?我们怎么能让你孤独终老?"父亲说不下去了。

所有人都沉默下来,站在对面的X,那个和自己一模一样的,蜡像一样的自己,也沉默着。

18

自记事起,父亲就和母亲离群索居,一直在这片自然保护区工作。小木屋保留着近乎原始的生活样貌,家里没有微波炉、电磁炉,这些都让父亲过敏。一根十公里长的网线从户外基站一直牵到家里,插在笔记本的端口上,连接网络,速度很慢。一旦网线被松鼠咬断,被浸水什么的,就会断网,一家人仿佛也习惯了。

母亲有一副眼机,但几乎从来不敢开机,尤其是在家里,毕竟丈夫和女儿都受不了电磁辐射。

这是世界上最后一片森林,被几家大型财团设立的环保慈善基金保护起来,立为"瓦尔登湖纪念公园"。真是个可笑的名字,纪念什么?文明的后果?对于外部世界来说,这儿就只是个袖珍动植物园,远远比不上VR模拟的侏罗纪公园那么壮观、刺激。

这里保留着最后一片真实的、天然的绿色环境,每年,他们一家人都要接待奥德赛号的学生们来此地科考访问停留两个周；除此之外，仅仅对外开放七八月份的夏季，每日限额三十人次。

宁蒙自有记忆以来，这儿就是她全部世界。从童年起，她就认识了林中每一棵树，每一块形状特别的苔藓，每一缕丁达尔光。盛夏时节，冰雹砸在木屋上的声音像击鼓，冰块落在滚烫的地面上，会立刻融化并且大量冒白烟。

"清晨的湖面也会冒白烟，但那是比热容的反差产生的效应"，每次迎接奥德赛号的学生来访问的时候，她都会非常得意地向所有人介绍这一幕特殊景观，人们会赞叹，但……很少有人真的会在早上早起，去亲眼看一看这一幕有多美。

准确说，没有。

他们哪怕在这片森林里扎营，晚上进了帐篷，也还是戴上头盔玩游戏。

没有人会去月光下散步，也没有人去河边看日出。

森林的雨后，空气是香的，如果伸出舌尖尝一滴雨水，会有甘甜、冰凉的爽快，这些气息、味道，全世界大概只有他们一家人品尝过。她曾经试图让奥德赛号的访客们都尝尝，但他们认定雨水有毒，不肯尝试，坚信除了瓶装水之外的饮品都不可信。那为什么要在瓶子上印刷"天然饮用水"呢？宁蒙不明白。

他们一家人好像已经成了"原始生活"的活样本，起到的作用只是供人参观、了解。没有人真的像他们一家人这样生活。

每一次站在岸边，挥别奥德赛号，看着所有人离去，看着身后的森林立刻恢复寂静，她都感到巨大的落寞。

外面的世界是什么样子的？她经常背着父母，用那根不靠谱的网线与外界连接。那儿有她没见过的高楼大厦，从屏幕上完全看不出高度，而匪夷所思的交通工具，匆忙的、奇形怪状的人们，都叫她好奇，又害怕。

作为一名罕见病患者，电磁辐射超敏综合征彻底改写了父亲的人生。因为无法忍受无处不在的 Wi-Fi，守林人的工作是他能找到的最好的出路了。他感激环保基金会没有采用机器作业，给了他这个生存机会。为了反反复复巡林，父亲每天步行扫山约四十公里，清除火灾隐患，将死亡了的树木喷上白漆 X 标记，作为可以砍伐的辨识；观察虫蛀、杂草、火情隐患。长久的步行虽然伤害了他的膝盖，但也使他的身体大都很健康。

许多游客不远万里来这儿，却仅仅是瞻仰一下，赞叹一下，然后很快离开——就像参观完博物馆，玩了一番虚拟侏罗纪世界一样，毫不留情地离开了，留下垃圾、自拍，或者关于无聊的抱怨什么的。没有人留下来。一想到自己大概还要活很长时间，他不是没有孤独感。有那么一个幽暗的傍晚，看着湖水里的野鸭成对漂游，扎入水中求食，他突然哭了起来。风把脸上的眼泪吹得冰凉。

那一刻他突然明白人的劣根性：无论森林多么抚慰人心，无论人多么让人失望，他还是需要后者。

宁蒙的母亲是唯一一个来到这儿，并且真的爱上他，爱上森林，甘愿抛弃全部现代文明，与他一起生活的人。他们签订了永久性婚约，这令他们成为全世界六对罕见伴侣之一。宁蒙的出生将这一切几乎神话化了，完美化了，幸福到他不停地担心会不会有什么厄运埋伏在背后。

直到发现宁蒙遗传了自己的先天缺陷，也是一名 EHS 患者，父亲终于低头捂住脸，想，是啊，天底下，万事如意的祝愿从上古流传至今，就是因为从来不可能实现。

19

突降暴雪。一夜醒来，整座森林变成了白色蛋糕。宁蒙被时不时噼里啪啦的，大雪压断树枝的声音吵醒，听上去像遥远的枪响。一睁眼，洁白的阳光堆积在窗口。黑色的树梢被飞鸟擦过，抖落一些白色粉末。天空湛蓝，像某种涂料一般均匀。这是在象牙塔那密闭空间里永远也见不到的。这一幕让她想去更新星历，放些照片什么的，告诉苏铁"这儿下雪了"，于是赶紧爬起来去开电脑。

一直连不上。试了好几次,慢得叫人抓狂。"爸爸!网线是不是又被弄坏了?"她朝着厨房喊。

"好的,我这就去看看。"父亲回答。

"先吃早饭,都别急。"母亲说着,开始上菜。

宁蒙很不爽地走进餐厅,赫然撞见 X 也在那儿,吓得她本能地一退。X 正在摆放刀叉。"你看,学得可快了。真像你小时候。"母亲笑着说。

宁蒙抿着嘴唇,看着"自己"一脸乖巧、伶俐,在帮着父母把早餐端到桌上去。

整个早餐,宁蒙别扭得如坐针毡,把脸埋低低的,却一直在偷瞄旁边的"自己"。

这是她头一次用别人的目光来看待自己,那种感觉奇怪极了,好像镜子里的虚像不再忠实于反射,而是从镜子中走了出来,变成了一个活生生的人。

"原来我吃饭的姿势是这样的……原来我说话的声音是这样的……" X 坐在对面,一举一动都牵动宁蒙的注意。宁蒙伸手拿鸡蛋吃,撞上 X 也伸手拿鸡蛋吃,她的手猛缩回来。

"你看,没有人会看出破绽的。你俩喜欢吃的都一样。"母亲说。她看上去特别开心,好像拥有了十几年的独生女变成了双胞胎,幸福也被乘以双倍。

"以后啊,你要受不了象牙塔的辐射环境,就让她替你去;你就在妈妈身边儿,爱干什么干什么,我们陪爸爸去扫林,回到家里吃妈妈做的饭。我们只想看你开开心心的。"

父亲也赶紧接过话头来,"你不是经常跟我们说,同学们都在线上交流,你感觉被排斥吗?现在你也可以用 X 大胆加入他们了。"

宁蒙低头不语。是的,在象牙塔,为了和同学们保持合群,保持连线,她不得不守在那根带着网线的电脑前,用它回消息、上网、娱乐、做作业、上传作业——老派得像个史前生物。

在这个世界里,没有移动设备的人比没有脸的人还要稀少,还要不可思议。

也许……有了 X……她真的可以变成一个——也不说要变成万人迷吧,至少像别的同学一样,一起去教室贴上电极头接受灌输,一起聚会,随时随地都可以在线,回复他们的消息……至少她可以拥有一种"正常"。

再也不用把自己关在地下室图书馆里苦读了,还不及格。

雪太亮了,有些刺眼,她揉了揉眼睛,在盘子里切着煎蛋,因为心事而走神,一刀下去呲了,鸡蛋滑到了餐垫上。X 赶紧伸手来帮忙。她把自己盘子里的煎蛋分给宁蒙,说:"你要是……真的不喜欢我,我就回去。"X的声音略显委屈,神态、举止,都和自己一模一样。

宁蒙犹豫不决,低声说:"让我想想。"

20

"我明天要提前回象牙塔了噢。"苏铁洗完澡,搭着毛巾,一边挤牙膏,一边尽量把这个决定说得轻描淡写,不值一提。母亲正在客厅里吸尘,流畅的动作突然暂停了一下,表示听到了。

过了三秒,她继续吸尘,动作粗暴了些。吸尘器嗡嗡作响,填满了沉默。苏铁有些意外,他准备了好几套辩驳,只要母亲一反对,就可以随时信手拈来,但伏击扑空了。苏铁心猿意马地刷着牙,盯着镜子,镜子里,母亲显得很平静,正在收起吸尘器。

"明天,陪我去一趟银行吧。"

"银行?为什么?"

"没事,你不去也行。"母亲的回答叫他摸不着头脑。

那个晚上没有争执,照例喝了一杯牛奶,给母亲点了一个满分,他就准备睡了。把自己摔在床上,他对着天花板轻轻叹了一口气:白白准备了那么多套辩驳,一个都没用上。不知为何他竟然有一丝失落。

第二天的车票是下午,而行李寥寥无几,都还原原本本地装在行李包里,没打开过。上午的时间空了出来,苏铁一边吃吐司面包一边琢磨这一上午怎么挨过去,结果面包粉末掉得一桌都是;母亲默不作声,抓了一张湿纸巾把粉末擦掉,也没有责怪他。苏铁不好意思起来,赶紧吃完。这时,母亲毫无表情地,又说了一次,"陪我去一趟银行吧。"

"好吧。"出于某种愧疚,苏铁站起来收拾盘子,洗碗,母亲则去换了衣服,对着镜子拢头发,目光渐渐渗透到了镜子里面去——那儿有一张憔悴的脸,憔悴得叫她自愧。她别开脸,翻出一套化妆品来。太久没用了,缺东少西,母亲挑出一支眉笔来,右手举着,小心地勾勒起来,那姿势让肩膀酸疼,不得不用左手扶住胳膊肘。

她想,改天还是该去买个新的化妆仪。

21

今天的队伍不长。

她领了号,选择了机器人接待,拒绝了唯一一个真人前台,坐下开始等待。她觉得,这么大的事,跟机器人对话比较自在,真人多少会流露微表情,而她不想被道德审判。

她选了一个看上去友好,形状胖胖的白色机器人。67号,数字也很吉利。67号向她点头问好,请她坐下,查阅了她的身份资料。接着,经过机器人、后台系统、本人三方同时授权,星历上存放了30年的记忆档案被解锁;个人账户激活。

"您的全部生活历史中,均无犯罪记录,关注与被关注量正常,"67号说,"下面根据弹幕、留言、赞赏记录,为您分析具体情况:

职业角色评价:也就是作为员工,来自上司们的赞赏,小计152.57万莱克。来自下属、同事们的,积累了364.4万莱克。

血缘家庭角色评价:直系亲属成员1,小计8.6万莱克,旁系亲属为0。

亲密关系角色评价:前任累计赞赏5.6万莱克,法定伴侣成员0,朋友24.6万莱克。

公民角色评价:大部分来自服务生、快递员等陌生人的赞赏,小计——"

"——不好意思,"她打断道,"真的不用给我念细节了,给我个总数就行。"

"好的,您的星历个人账户累计610.34万莱克;根据人际关系远近的不同权重,乘以相应系数,总计597.34万莱克。"

她停了一秒,问:"这算多还是少?"

"大体上,超越54%同龄同类个体,单项而计,只有家庭角色评价略低于均值。但后台系统基于您的个体情况,对您的家庭角色评价进行了补偿性加权。"

她点点头,"好,那就全部提取吧。"

"请问用途是?"

"必须勾选吗?"她接过一张电屏,上面的选项长长一列,购置不动产、投资、旅游……她迅速略过,勾选了"生育"。

"您是第一次生育还是二次生育?"

"二次。"

苏铁在旁边看着这一切。他依稀听见机器人回答:"……请稍等,我将三次核对以上数据,确认无误后,提取时需要您再次授权。"

22

回去的车上,母亲看着左边的窗外,苏铁看着右边的。车辆平滑地行驶着,雨水斜斜地在玻璃上洒下线条,细小的雨滴挂不住了,纷纷滚向后方。

"你为什么还想再要一个孩子?"苏铁终于忍不住问。

"别的孩子都很希望自己有个兄弟姐妹,你怎么一点儿都不开心?"母亲反问道,"现在家里就我一个人,你知道有多冷清吗?钢琴放在那儿接灰。"

母亲的声音平静如细雨,却像钢丝一道道勒进了他肉里似的,"我知道你一直都在旁听法律系,正经的主修全都不及格。你去吧。我不会干涉你了,我累了。我不求你回报什么。只请你在系统回访的时候,给我一个满分。监护人执照到期了,我想要重新考取,我想再要一个自己的孩子,一个理想的孩子。"

苏铁被深深地刺痛了。却又如释重负。对于下午的提前离开,甚至永不归来,他再也没有愧意了。他用拳头胡乱抹了一下脸,视野却更模糊了。苏铁努力朝着车窗外的更远处看,想把五脏六腑都打包寄存到那儿去,腾出些位置来,只有这样,他才不至于内爆。

永不归来。他想。至少,永不以这副模样归来——玻璃上,他看着一张被雨痕切割得支离破碎的、模糊的脸。

第四章

1

奥德赛号的新学期已经来临了。从圆形的舷窗望去，烈日燃烧着海面，远处的大陆还只是浮在水面的一根线。接下来的一段时间，奥德赛号都要在红海北岸停靠。一想到要去大太阳底下寻找金字塔遗迹什么的，李吉就发愁。就连到甲板上走一趟，都让她的紫外线过敏症发作，脸上晒出红斑、水泡，奇痒难忍。

妈妈 C 寄来了丝巾，只要走出船舱，她把自己严严实实地裹起来；更多时候，她每天困在狭窄的寝舱里玩游戏，看书，聊天，憋闷得快要发霉了。

舷窗外，有几个同学在甲板上晒日光浴，跳进海里游泳，眼睛周围晒出一个太阳镜的形状。奥德赛号寂静得像一座沉睡的城市。李吉感到无聊，彻头彻尾的无聊，这一刻她才意识到隔壁寝舱的同学是谁她其实并不认识。

她一拍而起，打算去串串门，认识认识新朋友，也没想到一连敲了好几扇，都没人答应（或拒绝开门，因为正在线上忙不开）。

等到终于敲到某一间，门是开了，对方充满戒备地站在门口，问："你要干吗？你想干吗？"问得李吉张口结舌，连自己都觉得自己突兀，只好说："找错人了。"

第二次李吉有备而来，带了一包零食，门一开，就笑着递上去。对方却一脸诧异，"我没叫外卖啊？"

"不是外卖，我是隔壁的，就想来交个朋友——"

对方脸色犹豫，频频回头，房间内的屏幕看上去很忙的样子："加我星号吧。回头聊，忙着呢。"对方最后几个字音还没落地，门便已关上了。

到了第十扇门，也是她允许自己的最后一扇，还没敲，门就开了。一个男生冲出来呕吐，污物差点就溅在李吉的鞋子上。就着门缝，李吉往里面一看，狭窄的房间内所有人戴着VR头盔，沉浸在自己的那个小世界里。房间里正在进行电竞派对。

每个人肩并肩地坐在一起，却罩住自己的眼睛、耳朵……没有任何一个人和身边真真切切的那个人产生关联。从门缝里看去，那个场面近乎诡异、可怖。

呕吐的男生发出一阵剧烈咳嗽，用手背擦了擦嘴，自言自语：

"太晕了，那头盔太晕了。"他直起身子来，李吉以为他要离开，他却扶着墙，像醉了似的，又回到了那个诡异的房间。

那一刻李吉突然意识到，如果不给自己找点事情做，这个学期恐怕很难挨了。

2

夜里她沉入梦境，到心屿上走走，也算散散心。好久都没有去过了，瀛涯依然无边浩渺，散落着星星点点的心屿，她庆幸自己还看得见这一切。

李吉的心屿是一座古城，风格有些像君士坦丁堡与雅典卫城的混合体。梦伴，地精，身披白袍的人们，悠然自得地穿行着。高高的宣礼塔飘荡着歌声，皇宫傲立在海岸。院子里，一家人在橡木桌上饮用葡萄酒，吃面包。广场上雄辩的人们声音洪亮，老远就能听到。走近了，鸽子们舞动翅膀，制造出飞翔的声音。

一把青铜锤子叮叮当当地敲着一块大理石，雕刻家的脸贴得离石像很近，好像要吻上去似的。在他身后，日落给整座古城镀了金。她就坐在环形广场的阶梯上，看着中央的两棵巨大橡树，像蘑菇云一样朝天空攀爬。她端起酒杯，对着夕阳举起来；经过折射，整座城市的轮廓被颠倒了,宣礼塔的尖顶溶解在玫红色的液体里。

似乎很久,很久,没有感到过这么惬意了。苏铁的梦伴——独角翼马来到她身边,低下头,轻轻用鬃毛蹭了蹭她的腿。阿尔法信步而来,在李吉身边坐下:"怎么样?到奥德赛号上学的感觉?"

"别像个心理医生似的说话。聊点别的吧。"

"你想说什么都行。来这儿不就是为了放松放松?"

"我就是觉得,挺孤独的。我也没想到长大了是一种孤独感。"李吉还是回答了先前的问题。

"孤独的一次性致命剂量是五百二十克拉,半衰期是一百年,超过大部分人的寿限。所以,几乎每个人都活在百年孤独里。"

"我还以为克拉是宝石的质量单位。"

"孤独本来就和宝石一样珍贵。切割得体,就很耀眼。"阿尔法对她说。在李吉的眼里,这已经是阿尔法的第几百次变幻被投射的身形了,有时候是当红明星,有时候是网球名将,有时候是奥德赛号最帅的男生。这个秘密她连苏铁都没有说。

第二天醒来,外面传来奥德赛号发出的三声低鸣,抵达了海港。清晨的海面平静得像一块蓝莓果冻。这是红海的第一场日出。

眼机模拟了柔和的晨光,唤醒李吉。她百般不情愿地,摸索着,眯着眼睛,还没来得及点开,看清楚,三个孢子的语音同时在线上响起——"还在睡?快起来抢课!"

糟了，李吉给惊得从床上弹了起来，扑到电脑前——迟了，热门的课程在瞬间就被抢光了：滑翔伞、海猎、开放水域潜水。

剩下一些难度很大的，本来名额也不多，也被选完了：攀岩、洞潜。

连最无聊的一些课都快没了：沙滩排球、长跑、足球、网球、瑜伽。

"像你这么慢怎么行？"哥哥吼了李吉一句，"太不上心了！"姐姐附和着，连最小的弟弟还补了一枪，"我的天呐你居然还在手选？"弟弟实在看不下去了，直接登录了李吉的账号，植入自编的程序帮她抢到了最后一个"沙滩排球"课的名额。

"我选沙滩排球课干吗？你是故意想看我过敏晒伤？"李吉气急败坏。

"好好跟你弟弟说话，好歹还帮你选了一个名额。你自己呢？还睡觉呢！"哥哥的口气像一家之长，这大概是所有同喻型家庭长子的典型。同喻型家庭的孩子们仰赖同辈之间的情谊成长，彼此照顾，相爱相争，取得人生经验。成年监护人不能干涉或控制他们，但这并不意味着权力真空——"家长"的角色往往被哥哥姐姐们替代着。

"我谢谢你啊！"李吉重重地朝最小的孢子扔出这句话，又白了哥哥一眼。

"好啦好啦，别怼来怼去了，李吉，我和你换——"姐姐一发话,李吉便乐得往床上一瘫,"姐姐你最好啦!"说完才又想起什么,"——呃,等会儿,你选的什么?"

"开放水域潜水。"姐姐笑着说。李吉高兴得双手握拳在床上捶打着,蹦跶起来。

"不过!作为交换,你可要把我的毕业设计给搞定。"姐姐说完,转椅从书桌边上让开,露出了身后桌面上的一大堆东西——白纸和工具。

"这些是什么?!"李吉这下紧张了。

"纸雕。"姐姐说着,嘴角笑出很得意的弧度,举起橙汁儿,干杯似的,对着摄像头跟李吉碰了一下。

一看就知道是烫手山芋,李吉顿时蔫儿了下去,再次瘫了床上:"我就知道,没有白拿的好事儿。"

"还有,你得小心啊,开放水域潜水也要晒到的。"姐姐提醒。

"知道就好,以后别这么不上心。得了,散会!"哥哥说着,切断了星群。

3

是个好天气——对大多数人而言。这已经是第二十三个晴天了,万里无云;李吉却恨死了这样的天气,她对着镜子,戴好墨镜,裹好头巾，确保没有一寸皮肤露在外面，才出门去上第一节潜水课。到达课表上写的地点，所有人都在一个泳池前守着，百无聊赖地玩眼机，等待集合。

难道就在泳池里训练？李吉心里一沉。

一张英俊而羞涩的脸映入视野，迎面而来的少年，四肢修长，黑发棕瞳，鼻梁挺拔，脸型的轮廓像画笔勾勒出的似的。同学之间小有一阵骚动，一半的人把目光从眼机虚拟屏幕上挪开，盯着他看；另一半的人则眨着眼连连拍照——少年穿着一件深蓝色的印着鲨鱼的T恤，小腿修长，打着赤脚，朝大家走来。

"大家好，我是这门开放水域潜水课的助教。我叫胡骄。我先给大家介绍一下课程基本情况，教练一会儿就到。"

李吉举手，毫不客气地发问："难道现在的潜水课还是在泳池里训练吗？"

"是的。"胡骄回答，"下次提问，请得到允许之后再开口。"他转向另外一边，继续宣布道，"理论课在教室中进行，初级实践在七号泳池，如有改变我会在动态课表上标注……"

李吉没有兴致继续听下去了，她转身走到一面凉棚下，背靠栏杆站着，双脚轮换重心，无所事事的样子。一塞上耳机，周围便升起了音乐的结界，她只看得到胡骄的嘴唇在奋力地动，却不闻其声，感觉有些好笑，忍不住噗嗤出来。

胡骄的余光一直在向李吉这边瞟着,压抑着怒火。一说完正事儿,他就板着脸朝李吉走来:"我刚才布置的内容你听清了吗?"

"没有啊。"李吉大大方方地回答,给胡骄将了一军。

"你来这儿到底为了什么?"

"我七岁的时候有技潜执照了。"

"行啊,不错,那你可以不用来了。"胡骄转身就走;"欸——"李吉一把拉住他,碰到胳膊的一瞬间,又收回。俩人对视。"我对紫外线严重过敏,一晒到就要红肿、脱皮……请问能开放一个夜潜的课时吗?"

"你还是去上室内瑜伽什么的吧。"胡骄从头到脚打量她:墨镜、头巾,完全看不见脸,"娇气的学生我见多了,这儿,不适合你。"他看了一眼大海,转身欲走。

"你站住!"李吉说,"说话这么武断,这就是你被联合号退学的缘故吧?"

此言一出,同学们的目光都朝这边儿看。胡骄凝着眉头,瞪着她,"这和你有什么关系?"

教练朝这边走来,拍了拍胡骄的肩膀:"有什么事情下课再说。李吉,你的身体状况可以写申诉信,舰长会看情形给你安排夜潜课程。"

胡骄和李吉互相瞪了一眼,彼此都很不服气地背离而去。

4

李吉回到寝室,反反复复刷着胡骄的星历。开放度有限,她只看得到寥寥数语:

胡骄
学历:联合号四年级肄业生
爱好:海

动态头像上,胡骄拎着一条手臂那么长的鳟鱼,蹦跶在海滩上,笑得一脸灿烂,身后是阳光下的椰子林。现在还用这么自然主义的动图做头像的,真少见。

看了许久,李吉眼睛干涩,不知不觉困得厉害,睡着了。也就在那个夜晚,在一望无际的梦境中,李吉漂过瀛涯,靠了岸,踏上了一片完全陌生的心屿:眼前是无垠的草原。那草原几乎把天空也映成了一片翠绿;风中飘着一只红隼,而李吉自己的梦伴蕉鹿,在甜美的草地上觅食,阳光将它的毛色洗得发亮。

那是一片无声的、绚烂的、弥漫着闪电的草原;红隼一直在高空中盘旋着,像风筝。

等红隼发现了蕉鹿,突然就如彗星一般,从空中俯冲直下,扎向草地；蕉鹿一见，立刻飞奔起来，但显然快不过红隼，红隼精准地扑向蕉鹿，利爪嵌进脊背——蕉鹿应声倒下，又挣扎起来，死命逃生，往草原边上的灌木林中钻去。

红隼倒钩形的利爪已深嵌在蕉鹿背上，无法抽出，就这么活活被拖入了灌木林；翅膀噼里啪啦地刮过地面，被一块凸石劈断了，头部猛地撞在树干上——红隼晕了过去，蕉鹿借着一株横枝，硬生生把利爪从体内刮了出来，蕉鹿的整个脊背血肉模糊，奔出了灌木林，扑到了心屿边缘，跌入瀛涯水中。

俩人同时在这里惊醒，胡骄不仅双臂如遭刀砍，烈痛阵阵，还有脑震荡一般的天旋地转；而李吉整个后背的皮肉像是着了火一般地痛。

天还未亮，幽暗的寝舱内，只有一束月光照在书柜上。李吉惊醒后，很久才抚平了呼吸；她费力地回想着飞逝的梦境，那到底是谁的心屿？

她想要再回到梦里去看看，可无论如何也睡不着了。

5

起床号声响了。大半夜未眠，弄得李吉一肚子气。她没胃口，要了一杯咖啡,走上长长的舰桥。清晨的海滩寒冷,空气凛冽,胡骄在沙滩上带队晨跑,身形矫健,引得好多姑娘纷纷侧目。

十个往返之后,胡骄喝令晨练结束,就地解散。

"你的梦伴是红隼吗?"李吉上前,直接问胡骄。

"你就是那只蕉鹿?"胡骄意识到,昨晚他们都同时梦到了彼此,或者说,彼此的心里都有对方。某种微妙的东西,像稀薄的晨光一样,在俩人之间游离着。胡骄仔细看了看这个女孩子,她双手捧着咖啡,几丝热气在面庞前缭绕着,这一次她没戴头巾、墨镜,日出将她的脸庞、眼睛,都擦亮了。

"你为什么攻击我?!"李吉问。

"我们只是在潜意识中和梦伴保持通感,你并没有伤。我也没有。"

"我问的就是你潜意识中为什么要攻击我!猎杀我!"

"我无心的,对不起。"胡骄自感不安,逃避着李吉的目光。他也没法解释为什么仅仅第一次见面之后,他就对她念念不忘,一心想要捕捉她,掌控她。他赶紧调转话题,"你写了夜潜的申请信了吗?"

"还没有。"

"我晚上都没有课,可以给你上夜潜的进阶课。你去补上一封申请信吧。"说完他便急匆匆走了。走得如此草率,他有一丝后悔,很想回头,却又忍住了。沙滩上,被他踩下的一串脚印浸润出海水。远处的太阳仿佛睡醒了似的,从海面一跃而起。一瞬之间,天与海都发亮,丁达尔光穿过层云,漏下一柱柱光箭,把一小块海面照射得仿佛银镜。

李吉伸手遮挡着阳光,直到终于看不见胡骄的背影,才折返回去。

6

当晚,月光漏林,沙滩上摇曳着椰子树影。两串脚印,徐步而前。胡骄带上手电,在漫天银河下,带着李吉出海。

他们一前一后坐在电动小船上,往大海前进。随着离岸越来越远,四下越来越安静。到了近海安全区,胡骄把船停了下来。他们沉默,熟练地穿戴设备。

"好了吗?"

"好了。"

他们仔细地检查了一下氧气瓶的气压表,备用二级头,点头确认 OK。李吉双肘抱胸,后翻入水。在水面,他们交叉检查对方的氧气瓶,一级头是否漏水。一切就绪,他们开始下潜。

寂静。巨大的,凝固的寂静,只有自己的呼吸声,嘶嘶作响。

到了水下十几米，白天见不到的海底生物们，全都出来觅食了。胡骄一只手用手电照着，另一只手用力搅动了一下水体，奇迹般的，所有被光照耀到的地方，浮游生物像萤火虫一般，星星点点地闪烁起来，汇成一汩汩流淌的星辰，宛如海底的银河。

除此之外，所见之处都是白色的死掉的珊瑚。期待中的缤纷海下世界不复存在，只有一片白骨——绚丽的珊瑚早已死去了。海底如同一片沙漠。无边无际的寂静，荒凉。

在水下，半个小时感觉只有五分钟。四周是巨大的，令人不安的黑暗。李吉还没待够，胡骄就打出手语，大拇指朝上，示意他们该准备回到水面了。他们在十五米，十米，五米，三米的地方，依次做减压停留，排出血液中的氮气。

海下世界寂静，缓慢，仿佛另一个时空。减压停顿的时候，李吉只听见二级头呼吸器发出的嘶嘶声，呼，吸，呼，吸。面罩遮住了胡骄的脸，他身形修长像一条鱼，脚蹼轻轻地、有规律地踢动着；不时查看潜水表，不时望向海面。一柱手电光像剑一样刺破黑暗，他俩就围绕着这唯一一缕光，静静悬浮在海水中。

有那么一刻，李吉幻想自己和胡骄变成两只被凝固在琥珀中的史前昆虫，在亿万年之后被不知道什么形状的生物挖掘出来，陈列在不知道什么形状的博物馆里，或者实验室里。射线一层层横剖他们早已碳化的身躯，亿万年之后的世界依然对他们的每一寸骨骼了如指掌，但不可能知道她与他此时、此地的所见、所感。

这一粒珍珠般奇妙的、渺小的心情，只有她自己知道。

还有三米就要回到水面，回到外部世界了。李吉突然极为不舍，她埋头往下面看——无边无际的深蓝，在脚蹼下轻轻荡漾着，仿佛地球忧郁的心跳，某种泣诉，某种召唤。她突然十分不想回到水面，甚至不想再作为人而存在。她渴望一场变形记的发生，变成一粒浮游生物，一只寄居蟹，一颗星。

在完全察觉不到的上升中，他们回到了现实。远处，奥德赛号仿佛一座巨大的光之浮岛。

月光将整个星空都漂白了，而猎户座依然耀眼。浮出水面的一刻，他们感觉自己好像是沉眠了一万年，突然被解冻了的生物，和身边这个同类一起醒来，面对一个完全不可想象的时空，什么都是新奇的、诡异的、陌生的。

借着充气背心的浮力，李吉躺在浪尖，用手臂划水，慢慢朝着小船游去。她还想拖延回去的路程，仰面躺在海上，指着星空，说："看到了吗，那一颗就是猎户座星宿七，叫 Rigel。我的名字就是来自它。"

胡骄望了望夜空，繁星浩瀚，他其实有点分不清哪一颗才是 Rigel。他的目光不由自主，循着李吉高举的指尖，滑下手臂，抵达她的肩膀，又凭借惯性溜到了下巴的弧线那儿。最终，他的目光停泊在李吉的脸庞上。

在李吉的瞳孔中，他亲眼看见一颗流星，飞速地滑过，一闪而逝；在惊异中，他迅速扭头看夜空，流星已然不见了。

好多好多年之后，他还记得这一幕，清澈的夜晚，在一个姑娘的眼睛中，看到了流星。她也记得，他嘴角的微笑，那笑容令她忍不住想要以吻收藏。

小船剖开海面，锐利而平稳。他们谁也没说话。船速并不很快，但俩人全身湿透着，被海风吹得极冷。有那么一瞬间，她看着他，他也看着她。目光纠缠了三秒钟，又迅速分开，越过对方的肩膀，飞向星空。

"发光的沙漠。"胡骄说，他曾经读到一本关于三体世界的传世经典，把星空描述为"发光的沙漠"，直到他登上联合号，才发现，这样的比喻有多么精确。

他们谁也没有问对方，"你冷吗？"只是沉默着，同一艘小船上，默契地守护这一寸珍贵的感同身受。同一种寒冷，同一种渺小，同一种孤独在共振。

在这个宇宙中，每个人都是一颗孤星。内核沸腾，但路过的人只看到冰冷的外壳。那些独一无二的颜色，光度，明度，色温，气息……需要多大的偶然，多小的几率，才能刚好契合在彼此的可见区间。

所以交会时刻,两颗孤星都憋足了劲儿,歪斜身体,调整轨迹,对准,对准,靠近,靠近,对了,就这样。

撞见。

7

回去之后,李吉洗了一个长长的热水澡,放了音乐。等她躺在床上的时候已经夜深了。失眠的预感袭来,她起身冲了一杯水果茶,又戴上眼机,联络苏铁。

"我不确定我是不是喜欢他了。"她说。

苏铁正在象牙塔的运动场打壁球,他擦汗的时候不小心碰歪了眼机,调整了一下,问:"你们去夜潜了?"

李吉点头,勾选了星历中夜潜那一段,发送给苏铁看。深海,星空……在眼机虚拟屏幕上看去,夜潜的那一段一片暗淡,没有什么特别。

"实在无法描述,除非身临其境……"

"可以想象。"苏铁兴味索然,他重新挥起球拍,球撞击墙壁发出突突声,传到李吉这边显得刺耳。

"你还好吗?"李吉察觉到苏铁似乎有心事,问道,"要不要我陪你一起打会儿球？我这就去拿动捕传感衣——"

"——不用了，我不喜欢穿着那套衣服打球，麻烦。……我想自己打会儿球，下回聊吧。"苏铁犹豫了一下，还是挂断了电话。

8

寒假，象牙塔空荡荡的。苏铁感觉走到哪儿都是回音。壁球的回音，脚步的回音，关门声的回音。食堂只开放了两个窗口，供应的食品都是全自动机器厨房加热的盒装套餐，非常难吃。熬到第三天，早晨起床第一个念头，是突然特别想亲自去超市补给食物，做一顿好吃的；就当出去走走，散散心。

好像很久没有走出象牙塔了，塔基外墙的常春藤早已枯萎，覆盖着白雪。巨塔之巅闪着避航灯，在阴沉的云间，隐约可见。举目皆是高架层叠，空轨交错，川流不息的车辆穿针引线，将天空撕碎了。

又一家基因超市开了张，大肆喷出烟花，朝天空投射出巨大的广告影像，广告商一张又一张笑脸堆砌成灾。不知道母亲买到了她定制的理想基因了吗？他好像很久没和她联系了。

一辆出租车停在了身边，阻断了他的目光。挡风玻璃上出现一张卡通笑脸，以及"很高兴为您服务"字样。苏铁扫了一下车牌，点击确认上车，坐了进去。

本想选个音乐,但手指冻僵了,不好使,他用眼球追踪功能在屏幕上勾选了一首肖邦。音乐响起,他搓了搓耳朵,将暖气开到最大,喝了一口热水,感觉好受了些。

没开出多远,前面拐来一辆机器铲雪车,缓缓前行,嗡嗡作响;自动驾驶系统丝毫不着急,也不变道,按部就班地被压后面慢慢走,真叫人着急。几分钟之后,苏铁实在受不了了,他按下暂停,下了车,沿着街道步行。

9

街道上有很多车,但是完全没有行人。超市也没有人,一排排仓储式货架之间,奇形怪状的机器工人来回穿梭,为源源不断的订单分拣物品。他环视了一下,这儿真是大得惊人。货架码得整整齐齐,一盒盒商品如砖块似的垒成一堵堵城墙,直抵天顶,唯一不同的是这一面面消费品之墙,鲜艳,壮阔,令人眼花缭乱,却比砖块更加生冷。

他像个在哭墙脚下朝圣的信徒一样,站在货架底端,仰着头,寻找着什么。终于看见了,他想拿的那一种麦片。天,怎么会放这么高。他够不着,左顾右盼,梯子遍寻不着。一台伸缩机器人滑了过来,嗖地一下从货架上摘取了麦片,又滑走了。他喊了它两声,无应答,只有自己的回音在巨大的仓库间游荡。

苏铁徒劳地蹦跶了几下,还是够不着,屈膝的时候,髌骨撞到了柜架,一阵剧痛袭来,叫人丧气。

等了好久,服务机器人终于赶过来了,"您好,有什么可以帮到您的?"

"帮我拿那盒麦片。"

"哪一盒?"

"就那一盒——上边那个,对对,不不,不对,左边,左边,右边,右边第二……不,不是……"苏铁脖子都仰疼了,"算了,随便拿一盒吧。"

"请问您要什么品牌什么口味的?"

苏特一时想不起来自己平时吃的那个叫什么,用语音指令眼机查找以前的订单,"喏,就这个。"

机器人眼睛扫描了他,核对库存,"真抱歉,您选的那款断货了,请您另外选择一款吧。"

苏铁叹了一口气,站起来,仰着脖子,查看货架上的麦片。太多了。太多了。那简直就像是要在图书馆书架第十八层第三百二十列选出某一版《圣经·旧约》出来。他连看都看不清。

"随便帮我拿一盒吧!"苏铁几乎不耐烦了。

"请问什么价位之间?"

"随便!随便拿一盒!"

机器人微笑着,"好的,没问题。"它有些为难似的,眼睛里闪了一下,过了几秒,手臂弹出伸缩架,摘了一盒婴儿麦片下来,"请问这一盒可以吗?"

"……行吧。"苏铁叹了一口气。条码上显示很快就要过期了,滞销货。还挺聪明的,苏特心想。

"请问还有什么可以帮到您吗?"机器人问。苏铁抬起头,面对高大货架望洋兴叹,"算了吧,没了。就拿这个。"

"好的,结账请跟我来。"

苏铁跟在服务员身后,感觉几乎走了一公里才走到了收银台。服务员不时停下来等他。他走得膝盖都疼了。结完账,苏铁赶紧找了一把椅子坐下来休息。他摇着手里的那一盒麦片,感到自作自受,折腾这么一趟就像个笑话。

"你在吗?"苏铁又在星历上找到宁蒙。
"我在家呢。"

回复他的,并非是真的宁蒙;真正的宁蒙正紧张地坐在 X 旁边,盯着她如何用眼机做出回复——这是 X 替自己回复的第一条外界讯息。

"在家真好,我在超市,折腾死了。"苏铁的头像说。

"怎么了呢？你怎么想到跑到超市去了，在线下单不就得了？"X的回复流畅、自然，与自己回复的毫无差别。就在宁蒙茫然无措的时候，X已经和苏铁聊起来了。眼机虚拟屏幕上，一条又一条对话框冒出来又沉下去，间或跳出一两个应景的表情符号，好像聊得很开心，提示音不停闪烁。

是辐射吗？宁蒙感到一阵头晕，心悸，鼻血不知不觉流了出来，痒痒的，滑到了唇上，她舔到了异样的味道，低头一看，血滴在了裤腿上，她这才腾地站起来，仰头，到卫生间去擦拭。

等她弄干净，又回到房间门口的时候，X还坐定在那儿，专心致志地和苏铁聊着天。又过了一会儿，X才转过身，问宁蒙："你什么时候回象牙塔？他说他无聊了。"

宁蒙有一种控制权被剥夺的不安，走过去，摘下X的眼机，关掉。"以后一切聊天都要经过我的同意。"

X点头。

"你不能擅自做决定——"

X再次点头。

"你不能违背我的想法——"

X照样点头。

"你不能冒用我的名字，不能背着我——"她自己也卡住了，背着自己干吗呢？能干吗呢？在外部世界她就像个隐身人。她调整了声音,继续道,"你必须好好表现,讨人喜欢。你不能做让我丢脸的事情。"

"你放心,主人,这些基本条款早都已经植入预设了。我只是一个替身,复刻你的意识,你的行动,只负责在你不愿意做什么事情的时候出现。"X顺从地回答。

10

林中生活寂静,平淡。既然能够在线上和所有人保持联络,所有人也都只存在于线上,到底还有没有回去的必要呢?宁蒙犹豫着这个问题,无所事事地在电脑端刷新苏铁的星历,看他早上如何起床,如何叠好被子。看他总是先煮咖啡,同时烧水,利用这段时间,再去刷牙,洗脸,一秒都不浪费;称一下净重,检测体脂率,记录变化;如果体脂率增加一个百分点,他就会增加有氧锻炼时间。

他洗漱完毕,咖啡和热水都好了,吃一点早餐,然后开始拉伸,跑步。接着就是去教室自习,用完电极头之后每次都会自觉消毒,归还原位。

不知道他母亲看到这一切会不会欣慰呢?苏铁长大后的生活,真的整齐得像一盒排列整齐,形状精确,没有气泡的冰块。母亲的规训已经彻底内化了,以至于即使没有任何人的监督,他也自觉选择这样的作息。如果不把每一寸时间利用充分，他就会内疚得烦躁不安。

整个寒假，他重复着同一套生活秩序，只是偶尔的，提前做完了一天的事，洗了澡，躺在床上，会感到孤独像一座巨大的城堡，飘过来，悬浮在他头顶。

他望着书架上的那只原本要送给母亲的智宠企鹅，以同样空洞的眼神，也望着他。他想，等宁蒙回来，就把企鹅还回去吧。

11

"你是不是喜欢苏铁？我发现你天天看他。"X在背后发问，吓了宁蒙一跳。她警觉地合上了电脑屏幕："你站我后边多久了？"

"主人，我随时都站在你后面。"

"站我后边儿干什么？上学期的功课你都补上了？"

"等我们一回象牙塔，我就抽空都去补上。这里没有灌输机……"X有些委屈地回答。

宁蒙无言以对。她看了看日程表。"真是的……反正都是贴上该死的电极头，为什么不干脆发到每个人家里，自己灌输不就好了？"

"主人，您要理解，从古至今教材的编撰都是被严格控制的，更何况是灌输这样高效的手段。如果象牙塔设计成一个开放系统，投放到每个人家里的话，一旦灌输的内容被篡改，侵入了不良信息……后果是不堪设想的。"X认真地回答，"还有就是，线上学校一直无法推行，就是因为人类的习得本能受'观众效应'等心理因素影响，一个人单独对着电脑学习是枯燥无味的，也无法坚持。只有把同龄人聚集在一起，不仅得到知识本身，也培养群居动物的本能，互相竞争，参与感，人际沟通等等。"

"群居？我们在象牙塔不也是各自待在各自的寝室里，只在线上联系吗？"

"在线的群居，也是一种群居。"

宁蒙很意外X了解得那么多。她按捺住这种吃惊，不耐烦地说："好吧好吧，我们提前回去吧。趁大家都还没有返校。"

"这样你也可以早点看到苏铁了。要不要我告诉他你提前回去？"X这么一问，宁蒙板起了脸，用老板交代秘书的口吻，说，"最后说一次——我没有喜欢谁。我只是希望所有人都能喜欢我。"

"可是……我分明能体验到，当你看到苏铁的时候，多巴胺，肾上腺素，都有波动，心跳加快……"

宁蒙拉下脸来，提高嗓音又强调了一次，"是你了解我还是我自己了解我？！你就只管完成你的事儿就行了！让我受欢迎，让大家喜欢我。就这么简单！"

这不是 X 头一次对人类的行为感到困惑。他们心里想的是一套，做出来的又是另一套。是一直都这样吗？

X 沉默了。它很抱歉地退了出去。

12

出发前夜，一家人吃了一顿最后的晚饭。

餐桌上的两道前菜是抹茶冰芦笋，洒着百里香和罗勒碎叶；芒果南瓜汤，加了姜汁，还有一丝椰奶咖喱的味道，宁蒙一尝，胃口大开。

母亲的副业是厨师，她的星历主要内容都是厨艺直播，有三百万观众。这也是家里的一大经济来源。很快，母亲又端来了透明的晶皮饺子，馅儿是芦荟与扇贝肉；宁蒙正心想有没有辣的，母亲又端来了一份野椒香茅鱼肉碎。

主菜是咖啡炖煮牛尾，丁香的味道很浓。X 把鼻子凑上去，右手拨了拨空气，闭着眼闻了起来。"我最喜欢香料的味道了。"它说。宁蒙惊讶于它的味觉这么灵敏，又不好表露，低头喝了一口茶。

她捧着茶杯，望着外面：窗外有山，门外有河，夜院燃灯，火树星桥。她真舍不得离开这个家。回到象牙塔，就再也不会有这一切了。

吃完了最后的甜点，父母在餐桌上郑重地递来一个礼物盒子："这下你应该和其他孩子一样了。"

在他们慈爱的注视下，宁蒙拆开盒子：是最新款的眼机，也是带无人机现场功能，薄薄的，设计感很酷。她看了一下，火炬传递一般，郑重其事地将那副眼机交给了 X。

母亲对 X 交代道："照顾好你的主人。好好表现。我们，信任你。"

X 能感觉到"信任"两个字的重音，和非同凡响的意义。它点点头："您放心吧，主人。"

父母执意要亲自送她俩回象牙塔。这辆人工驾驶的皮卡已然是古董了，车内没有 Wi-Fi，父女俩都不会感到难受，好不容易才订购到的。上路之后，宁蒙一再跟 X 对口径："遇到同学怎么说？"

"就说寒假做了治疗，不再过敏了。细节不多说。"

"人名，老师，同学，你都记住了？"

"记住了。"

"最坏的那几个？"

"少跟他们计较。"

她们对口径对了一路，自觉已经准备充分了。到达象牙塔广场之后，父亲靠边停了车；出于好奇，父亲把脸贴近挡风玻璃，向外望去。塔身太高了，从他的角度看，视野还不到塔身的十分之一。

"我就不上去了,"父亲说,"你好好的,身体受不了,就回来。"他下车来,给了宁蒙几秒很有安全感的注视。

宁蒙没说话,和父亲抱了抱。目送父亲离开之后,宁蒙转身面对 X,再次拉低它的帽衫,又给它加了一副太阳镜,把围巾拉高一些,差不多遮住了它的整张脸。应该没问题了,宁蒙心想,她环视了一下四周,趁无人进出,便拉着 X,赶紧朝着塔基走去。

扫了一样的指纹,刷开了门,穿过大厅,电梯直达 309 层,宁蒙匆匆拉着 X 钻进寝室,关上门,才松了一口气。宁蒙背靠着门,看着站在房间中央的 X。她亲自摘下它的帽子、墨镜、围巾。"从现在开始,没有我的允许,你不准随便跑出去。被人看见了两个一模一样的我,就麻烦了。"

X 点点头:"我知道。不过你别担心,替身并不罕见,只是法律还未——"一阵门铃声突然响起,俩人都收了声。

门外,好像是苏铁在问:"在吗?我从星历上看到你回来了。"

宁蒙一听,心里一紧,还没来得及反应,X 就已经笑盈盈地前去开门了,宁蒙一慌,吓得赶紧躲进了衣柜。

关上柜门,四周一黑,在织物的气味中,她这才质问自己:"为什么要我躲?为什么不是它躲?"当然一切已经迟了,她只好屏住呼吸,按捺着,竖着耳朵听外面的动静。

"怎么样？寒假过得？"衣柜外面的声音听上去瓮声瓮气的，苏铁好像是笑着问的。

"挺好的！这不就是盼着早点回来见你。"X大大方方地回答，而躲在衣柜里的宁蒙一听，眼睛都直了，"这家伙怎么能这么说话？！"她心急火燎，想出去而又不敢，攥紧了拳头，手心出汗，打算等苏铁走了好好教育它一番。

"就是这个……企鹅，上次妈妈突然来查岗，我拜托你帮我买来应付的……结果她也没带走，看来用不上。喏，还给你，这贵，真是不好意思……"苏铁说。

"你就留着呗！别客气了！智宠可以替你打杂啦，查资料啦，订票啦，我觉得你挺有必要弄一只的，训练它帮你做事儿。反正你说不出口的，你不想干的，丢给智宠帮你搞定就行了，随便编些肉麻话跟教授套磁啦，以后工作了，拿它跟难缠的老板讨价还价啦，超有用，超简单！只需要设置几下，比如语气模式：甜、微甜、不甜；目的：调情、冷战、绝交……哦对了，文化语境设置很重要；我有个朋友，代购了个进口的智宠，忘了修改默认文化语境，直接拿来应付父母聊天，没大没小的，一开口就直接叫老妈老爸的名字……聊到后来，老爸差点没削了他。"

俩人一阵大笑，苏铁问："这真的假的啊，它能替我跟老妈打电话吗？"

"当然了,这是基本功能啊。你现在就可以训练企鹅替你和老妈聊天,按时给老妈的星历点赞、刷礼物什么的,喂,你活在哪个星球的?大家都这么用了现在。在线和你聊天的说不定还是只豚鼠呢。今年刚刚推出了豚鼠限量版的智宠,打扫卫生什么的,可厉害了。"

"太贵了,不行,我自己买一只,这个还给你。"

"买都买啦,退不了。我自己已经有了,这个你就拿去用吧。"

苏铁犹豫着,一时没说话。

X热情地笑着,一把握着苏铁的手,把企鹅往他怀里塞,"真的,拿去吧,超级好用的。"

双手相碰的一瞬间,苏铁暗暗有些吃惊,"……我怎么觉得,半个寒假不见,你有点变了?"

"怎么?"

"变得……怎么说呢,好热情,挺开朗的……以前你话好少。"

"那你喜欢吗?"

"……喜欢……啊……"苏铁脸红了。

"我也喜欢你。"X说得毫不犹豫。苏铁有点被吓住了似的,完全不知道怎么接话。"那,那企鹅先借给我用一用,回头我会把钱转给你的。"

"真不用,你就安心用吧,特别有趣。"

"嗯,谢谢啊。我先走了。你慢慢收拾。"苏铁告辞。

"拜拜。"X笑得没心没肺，送走苏铁，轻轻关上了门。

房间内恢复了寂静。衣柜门缓缓推开了，宁蒙黑着脸，劈头就问："什么叫'我喜欢你'？！你怎么不经我允许就乱讲？！你让我怎么收场？"

"我没有乱讲啊，你明明就喜欢他啊？"

"哪有这么直白就说了的？！"

"为什么不能直白地说……？"X问。

宁蒙气得语塞。要怎么跟它解释呢？她提起一口气，"人与人之间并不是以逻辑来运作的，OK？也不是喜欢就会表现出喜欢，讨厌就表现出讨厌，我们人与人之间——"宁蒙自己也说不下去了，"我们没有这么简单！你慢慢学吧，以后就明白了。"

"好……"

"我带着你来，只是让你替我去补课、考试，别的你不要插手，知道了吗？"

"知道了。"

"行吧，你先收拾行李，收拾完了就去教室补课。"

"好的。"

宁蒙意识到自己的语气中的颐指气使，心生矛盾，羞愧；自己是不是该感谢X大大方方地说出了自己说不出口的话？不……还是该早点关闭它,以防事态失控?

宁蒙矛盾地看着面前的这个自己,不知如何是好,便背过身去关上衣柜的门,又为了佯装真的是关门,顺手拿出了两条干净的毛巾,躲进去卫生间洗澡。

水阀打开了,在哗哗的水声中,她冲刷着自己,一闭眼,总觉得有些不可预感的东西,正十面埋伏。她还从来没有当过任何人的主人,从未对别人发号施令,也不知道如何处置一个替身与自己的关系。X 是一款更高级的智能宠物,还是一个将完全取代自己的潜在敌人?

她思绪混乱如淤泥污积,站在花洒下拼命冲洗自己,想要干净,想要放松。

13

第二天一早,宁蒙还在睡梦中,X 已经悄声起床,从地铺上爬起来,叠好了自己的床垫、被子,起身洗漱,前去教室补课。电梯无声地滑动,一个人都没有。

去往教室的地图它已经熟记了,穿过复杂的走廊,它刷了虹膜,进了教室。它一切按照宁蒙交代好的,座位、内容,预热传输机系统,贴上电极头，开始灌输学习。

闭上了眼睛，X 把身体向后躺着，尽量放松。嘶嘶地，随着脉冲灯频闪，它仿佛听见电流声，但其实什么声音也没有。周围安静极了，窗外的云层阴沉欲雨。

一节课的内容灌输完毕，系统指示灯显示暂停，课间休息。就在它有些困惑，正在不知道是该接着学习，还是该去走一走的时候，苏铁路过教室门口，意外看见里面有人，走过来一看，竟然是"宁蒙"。

"你怎么到教室里来了？"他问。

"对呀，来补课。"X 回答。

"你的身体受得了了？"

"对，寒假去做了治疗，现在已经没事儿了。"

"这么快？效果好吗？很昂贵吧……？"

"……还行……吧……"X 回答。

苏铁心想，既然可以治，那早干吗去了？但他嘴上没说。"太厉害了……我还正说去地下室图书馆看看书呢，以后你还去那儿吗？"

"应该不会了，我以后都跟其他人一样在这儿学习。"

"也好，这样快些。那我们以后经常出来玩儿吧，反正你对眼机什么的没问题了。"

"当然！"

等宁蒙睡到中午醒来,发现床边的地铺已经没人了。她一个激灵,爬起来,打开电脑,从星历中监视 X。它正闭目养神,规规矩矩坐在教室接受电信号灌输,这才松了一口气。她看了看时间,这已经是 X 的上午第四节课了。

"怎么样?"她用电脑打出一行字,问 X。

"挺好的,放心,第一节课下课的时候遇到苏铁了,他来给你问了个好。"X 第一时间用眼机秒回,"再过两周,苏铁的一个朋友在奥德赛号举办生日聚会,请你去。"

"怎么去?无人机现场吗?"

"是的。"

"那岂不是只有你替我去?"

"没问题,"X 爽朗地答应下来;见宁蒙立刻眉头一紧,它又赶紧补充道,"我是说……如果主人您允许的话。"

14

刚好是个周末,李吉的生日派对可以从周五下午一直延续到星期六,从甲板一直延续到沙滩。这也是奥德赛号停留在红海的最后一个周末,下周一,他们即将启航,离开红海,穿过曼德海峡、亚丁湾,经过阿拉伯海,前往南亚次大陆。

这也意味着,她必须和胡骄告别了。未来,如果奥德赛号再次环游回到这里,他们也许还会见面,也许不会。谁也没有提起过离别这件事,在最后一次夜潜归来的小船上,他们沉默地坐着,彼此靠得很近。头顶上是漫天银华,海风伴随着引擎声,把脸庞吹得冰凉。

她只是说:"周五晚上的派对你一定要来。我叫上了我最好的朋友,我想让他们都认识你。"而他只是轻微地点点头。

他的目光一直投向星空,望着猎户座星宿七,"Rigel,你看。那一颗星是 Rigel。我认得了。"

15

李吉特意跟教授求情,申请到了比他们年级允许的酒精级别更高一点的起泡酒,因此生日派对吸引了几乎全年级的孩子来参加,淡啤已经喝腻了。

最后一节课刚结束,大家便一哄而散,飞回宿舍,换了衣服,跑向甲板,循着音乐奔向派对区。李吉早就为了这次派对改良了水手服,上衣斜系到齐腰,裙子剪短,挑染了一缕墨绿的头发。几乎一整天,她什么都没吃,怕肚子鼓起来不好看。尽管饿得头晕眼花,她对着镜子端详自己平坦的小腹,流畅的侧身曲线,心甘情愿。

走到甲板的左舷,她和 H 教授撞了个照面。李吉想要和 H 教授套磁很久了,她的人类学课太受欢迎,每一次都满额,李吉从来都没能抢到。H 教授大赞李吉的打扮不错,当即摘下自己的贝壳项链送给李吉,说这跟李吉的手环很搭,"生日快乐啊!"H 教授笑着祝贺道。她会的语言太多了,口音杂糅出一种别致的性感,谁也模仿不来。

李吉拿过项链,缠在手腕上,小有激动地蹦着,"谢谢!下一次能让我旁听您的课吗?拜托了!"李吉双手合十,乞求道。

"随时欢迎。"H 教授与李吉击了个掌,曼妙地错身而过。

"您每次都这么说!每次我都挤不进去!"李吉懊丧着。

一阵笑声,H 教授早已经侧身而过了,随着一阵倏忽而来的爵士乐,她仿佛被萨克斯风牵引了似的,左右手打着响指,哼唱着,配合着节奏,腰身轻轻扭动了起来;从背影看,她的头巾轻舞飞扬,轻薄宽松的阿拉丁裤被海风吹成薄片,贴在她的长腿上。

"长大了要成为她这样酷的大人。"李吉想。

热带的空气,暖而潮,由于空腹,李吉才两杯下肚就微醺。她摇摇晃晃地扶着栏杆从这一头走到那一头,眼前晚霞与海面的颜色彻底混合,不分天地。她跟无数人打了招呼,却没看到胡骄。"今晚他肯定会来,肯定。"她相信着。

苏铁运动完毕,准时离开象牙塔第 229 层的健身房,回到自己房间。他迅速洗了澡,换了干净的衣服,坐在了书桌前,擦了擦头发。眼机显示李吉有来电。苏铁放下毛巾,戴上 VR 头盔,与李吉的无人机连线,几秒钟过后,他在视野中,无限逼真地抵达了派对现场,耳机中顿时传来巨大的喧闹声,吓得他赶紧关小一些。

很久没有来奥德赛号了。甲板周围,四下是海,无边无际的浪涛,喧哗又寂静。天地之间横贯着一道霞,五颜六色的同学们正在甲板上跳舞,像鲜艳的浪花。在他们的头顶上,许多无人机悬停着,像晚霞中的蜻蜓那样,游荡在低空,线上线下都是狂欢。

李吉已经醉了,她竟然爬上了桅杆,猴子似的挂在上面亢奋地哇啦啦闹着;苏铁一上线,她就朝他喊:"你怎么一个人来?你的女朋友呢?"

"什么女朋友!?"

"宁蒙?是叫宁蒙吗?你不是要带她来吗?"

"你的胡骄呢?我还没看着他呢。"

现场太吵了,他们好像彼此都没听见对方说什么。无人机悬停在高高的瞭望台附近,它传给苏铁的视野,是一片浩瀚的大海。海面平静、荒凉,如同深蓝色的戈壁。黑暗中,乌云聚集而人们毫不自知,直到闪电如斧子劈开天际,大家才察觉,暴雨将至了。

雷电阵阵,在一串突如其来的信号不良,啸叫声中,苏铁将

VR 头盔摘下来,感到头晕。

一瞬间他又回到现实,回到房间。四下寂静,沸腾的派对场面如幻景瞬逝。他感觉某种不可言喻的失落,像电影中惯用的反高潮手笔——乐极生悲的那一秒——无声慢镜头。

他想了想,拨电话给宁蒙,"你过来吗?我想带你参加李吉的生日派对,之前和你说过的那个好朋友。"

挂下电话听筒,宁蒙关掉了 CD 唱机的音乐,从床上坐起身来。她已经懒懒躺了一晚上了,竟然躺得越来越疲累。X 在替她做家务,一声不响地忙碌着。宁蒙看着它,又看看屏幕,犹豫了一下,命令道:"喂,苏铁那个派对开始了,你替我去吧。他在寝室等着。……衣服,穿我的衣服,对,就那套。说话小心点儿啊,别犯傻。"

"您放心吧,主人。"

16

等 X 下楼,穿越走廊,去到苏铁的房间,奥德赛号那边已经风雨大作了。苏铁请它进门,坐下,俩人迫不及待戴上头盔,顷刻间身临其境——

　　海面正被万千条雨鞭猛力抽打着，皮开肉绽，又被烈风推揉来去，卷浪翻滚。树状的闪电，像发光的血管一样，在乌云的肌理中搏动着。连平稳如地的奥德赛号都微微摇荡起来，仿佛地震。

　　暴雨中断了甲板上的派对，同学们醉笑着纷纷逃回室内，一片狼藉，胡骄却偏偏在这个时候来了。在旁人一片慌乱奔逃中，他镇定而兴奋地走来，紧紧抓住李吉的手，把她拉到甲板围栏边。大雨把他们浇透了，一阵大风迎面扑来，力道之大，把呼吸都刮走了，面前是真空般的窒息。他们在大风中亢奋而又恐惧。李吉生出想逃的冲动，右手却被胡骄用力压在了围栏上；胡骄的另一只手指向天空，大喊着："闪电，你看！我等了一年才等到这样壮观的闪电！"

　　"你简直疯了！为什么这么喜欢闪电？"她凑近胡骄的耳边高喊着，像在电音夜店聊天那样。她想起第一次在梦中相遇，胡骄的心屿上，那一片闪电弥漫的草原。

　　"看！又一道！"胡骄根本没回答她，他已经完全沉浸在雷暴现场，像追逐飓风的狂热爱好者终于钻入了风眼似的，肾上腺素喷涌，带来过电一般的亢奋、战栗。

　　一想到这将是他们的最后一晚，李吉不依不饶又对着他的耳朵大喊起来，"你还没告诉我你从哪儿来？你家庭是什么类型的？"

　　"这很重要吗？"

"重要！"

"我们还会再见吗？"胡骄喊道。

"我不知道！我只知道我喜——"李吉使出全力，想在雷声中喊出这一句，却被烈风暴雨给生生灌了回去。雨点像石子儿一样打在脸上，风的力量太大了，像没有氧气的面罩一样扣下来，她无法呼吸。

17

作为一个后喻型双亲亚型样本，胡骄的整个成长中，从未被长辈教导约束；不仅如此，他还必须肩负起教育父母的责任。

母亲决定要孩子的时候，已经五十七岁，父亲则是六十六岁。为事业奋斗了一生之后，他们不可避免地坠入晚年的寂寞。生活优越，但余下的日子如何打发却变成问题。

老两口闲得难受，于是结婚纪念日，将自己保存了二十年的冻卵提取出来，挑选了一枚品质最优的精子授之，制造了他。

胡骄的童年结束得很早。在他很小的时候，父母就已经是"老人"了。父母买了一只智宠哈士奇犬，陪他打球，陪他奔跑。不仅如此，他很小的时候就照顾起父母的生活，逗他们开心，帮着解决各种问题，因为他们对于新事物很抗拒，什么都不会，也"不想"学会。

年纪越大，父母对这个世界感到越来越糊涂，越来越多的东西不会用，越来越多的观念无法懂。离开了胡骄，他们接近于寸步难行。他们会回忆起伟人的话，深感认同，"世界是你们的，也是我们的，但是归根结底是你们的。你们青年人朝气蓬勃，正在兴旺时期，好像早晨八九点钟的太阳。希望寄托在你们身上。"

"时代日新月异，你们必须保持学习，不断适应新事物，才不被淘汰。"胡骄从小就是这么教育父母的，但父母好像从来拿这话当耳边风。他们只喜欢坐在躺椅里，看落日，叙旧，无边无际地回忆往事。

棱镜仪式中，胡骄的光芒是紫色的。阿尔法没有告诉他紫色代表什么，但他自认为是运动天才。短跑，游泳，橄榄球，网球……他无不擅长，最热爱的还是网球。挥拍的瞬间，球亲吻了甜区，以两百公里的时速杀入对手盲区，那感觉就像是一把攥住了在暴雨夜的闪电。

从很小的时候起，只要他不开心，就会特意在下午两点的烈日里，去打一场网球，晒到皮肤发烫，跑得挥汗如雨，接着，就什么都可以忘记了。

胡骄人生中的第一次一见钟情，是献给大海的。

他对大海的热恋持续至今，认定自己一定要与大海相伴一生。

但命运有时候喜欢玩游戏，总是给平凡的人赋予超凡的梦想，却又给那些生而不凡的人，赋予自甘平凡的心愿。

在猎游训当中，胡骄就是那一小拨轻轻松松地登上了星峰的天才之一，被选入了联合号。他和他的同学们一样，健美的体格，英俊的外表，超群的智商，横溢的才华，勇敢的气魄……他们是人类最后一代自然繁殖出的优秀基因载体，肩负着人类的希望，火种，就像古代的遣唐使一样，被公派到宇宙深处留学。不仅如此，他们更像是一批拓荒者，像地球上探寻新大陆，或者西部开发的祖先那样，去建立家园。他们每个人都心知肚明，一旦留学完成，他们将在那儿移民，留下来。这是一趟单程票。

目标越光明，旅程越黑暗。整个少年时代，胡骄都在联合号上度过，在茫茫星际中航行。

极少有人能够忍受联合号上那种面壁者一般的清苦生活。阳光有时候仅仅意味着脚下蓝色星球边缘的一缕亮线，有时候又是长久的灼热、白炽，所有的舷窗都会关闭，以防孩子们好奇窥探，一不小心就眼盲。

在旁人看来，这几乎就是至高荣耀，但胡骄却痛恨联合号，痛恨它如同一艘巨型的金属棺材，痛恨星际空间就是比曾经的西伯利亚更荒凉的流刑地。他也痛恨那些装腔作势的天才们在课堂上夸夸其谈政治学、社会学，而事实上他们为了谁能先洗澡也会明争暗斗一番；他们研究理论物理、生物前沿，事实上连一片树叶都没见过。

胡骄对陆地，对大海的思念已经抑郁成疾，厌学症越来越重，到了十八岁生日，有权自由选择人生的时刻，他决定退学。

一家人围绕这个决定的辩论进行了十五分钟。那是个晴朗的夜晚，就在他们家的阳台上：一轮月，两壶茶，数粒星。辩论过程并不激烈，因为主要不是讨论这个的。

谈话的重点，是父母婚姻的续约问题。

胡骄抓到了父亲出轨——就在父母婚约即将期满，面临第三十次续约的关头。一切都是偶然的：父亲抱怨眼机又坏了，又找胡骄修理。胡骄在联合号下课的间隙，远程连线诊断，又一次发现，不是眼机坏了，而是更新的系统让老头子又糊涂了。于是胡骄取得远程操作权限，手把手教父亲怎么弄。

就这样他发现，父亲出轨了。对象是个很年轻的服务员。这样的套路，令胡骄面对内存中的肉麻聊天、大量裸照的那一刻，几乎是感到恶心的。

这也更加促成了他退学的决定。回到家，他把眼机推到父亲鼻子跟前，逼问："你们什么时候开始的？"

父亲在这种事情上倒也不傻，短短一瞬间的尴尬之后，他就恢复镇定,回答:"不记得了。"

"不记得了?!你和我妈的婚约是一年一签的!你竟然告诉我你搞外遇不记得什么时候开始的了?!"

父亲耸耸肩,向后一躺,眼睛扫视桌面,找打火机,准备抽烟。

胡骄一把抢过烟盒,往墙角狠狠一砸,大喊:"你现在立刻就去跟那人一刀两断!断干净!你要胆敢伤害我母亲,我就——"

"你就怎样?你就去告诉你母亲?!"父亲不急不躁,喝了一口茶。

胡骄愣了。他眼睁睁看着父亲打开抽屉,拿出婚约,掂量在手里,晃着,说:"这份合约,我已经续签了三十年了⋯⋯三十年。对你,对你母亲。我问心无愧。"

胡骄正在为他大言不惭说出"问心无愧"四个字而震惊,父亲又把眼色往桌上一丢,指了指星历上一份体检报告,说:"体检出来了,BRAF基因分子结构缺陷,产生了突变,甲胎蛋白,癌胚抗原都是阳性,未来一年内癌变概率98.7%。就算现在去卖掉余生,都不够救我自己了,你懂吗!我的寿限只有八十八岁!我已经活了八十四岁!我就算卖掉余生也救不了自己了,算术你会做吗?!"父亲理直气壮,声音震得胡骄头皮发麻。

仅仅几秒之后,父亲的目光突然溃泄,整个人像坍塌的水坝那样,陷进灾难里。他黯然地说:"你根本不会懂的:一个人知道自己口袋里还剩多少钱,跟一个人还不知道自己口袋里剩多少钱——的花法,完全不同。"

说完,父亲起身,从墙角一根一根把香烟捡了起来,点燃;他踽踽着,一步步走向窗台,推开,好像渴望呼吸最后一口空气似的,认认真真抽了起来,时不时把烟蒂抖落在窗外。

胡骄看着他,突然联想起联合号课堂上学过的心理学史,艺术史……他突然有点领悟了,关于生本能、死本能的课题为何会重复呈现在历史中——毕加索为什么在垂老的暮年不停地画年轻美丽的裸女,约翰·厄普代克为什么在癌症晚期垂死之前不停地沉迷性爱,出轨成习……那就是因为他们知道他们自己的口袋里不剩几分钱了。

本质上他们和父亲一样,成了荒原上垂死的狮子,望着尽头的那一轮落日像挂累了似的,突然滚下地平线。

这可能就是自己的最后一个夜晚。明天起,就再也见不到朝阳,见不到群雄逐鹿了,再也不能交配,奔跑,撕咬,再也不能猎杀哪怕一只兔子……它将动弹不得,化为白骨,变成尘土……那是何等的哀愁。

你一生的饮食,排泄,交媾,弃与斗,怒与柔,不过是为了这么虚无的哀愁。想到此,胡骄意识到人类的自大,源于他们不愿意承认自己就是动物。他好像头一次,有点体会到了老师们常常说起的那种"悲悯"。也许某些存在是合理的——长久置身于联合号,在宇宙中俯瞰脚底下那颗乒乓大小的蓝色星球,渐行渐远,"你会拥有上帝视角,你会渐渐获得生物所能具备的最高情感:慈悲。"

他开始可怜父亲了,可怜他努力实践一次为了证明自己还活着的风流韵事,并自以为是爱。

胡骄挣扎了一个晚上,还是将父亲出轨的事都告诉了母亲。他开口那么艰难,可没想到母亲接受起来竟然如此轻松。母亲没有流泪,也没有愤怒,仿佛一切都在预料当中,她慈祥,安然,只是喝了一口热茶,说:"没关系。这一次婚约,我本来也没想续签的。"

从母亲如释重负的眼神,胡骄读出了一些蛛丝马迹。他感觉脚底发凉。有一丝恐惧攫住了他,像有毒的触须伸了过来,慢慢缠住了他。

他想追问:"你是不是早就想解约了?你是不是也出轨?你不想捐赠时间去拯救你的爱人了?!你要跟他撇清关系?!这算什么家?!你们这是翅膀硬了,不把我放在眼里了?"但他什么也没问出口。而父母也就什么也没再多说。

到了晚上,一家人像往常那样吃了饭,散步,洗碗;接着,他们坐下来喝茶,赏月,看着银河流过阳台。

父亲母亲,当着胡骄的面,和平分手,决定不再续签婚约,财产分割按照解约条例进行,胡骄年满十八岁,独立自主,照顾父母的责任就此结束。一家人为这个共识的达成,友好握手,签字,扫描指纹,上传协议,虹膜确认。

一整套程序做完不过十五分钟。胡骄觉得自己像个傻子,对父母的期待全都幻灭了。他低头,盯着茶几表面。不知何处而来的灯光,透过杯中水,在桌面上投射出晃荡不定的游影。他宣布,"我不打算上学了。无论是象牙塔、奥德赛号、联合号,我都不去了。我只想游泳、冲浪,跟大海在一起。以后,我可以找一份需要潜水技能的工作,你们需要我的时候,我会负责的。"

父母点头,异口同声:"你已经是成年个体,你为你的决定负责就好。"

那个夜晚,胡骄在梦中哭了。他张开四肢,躺成一个大字,睡在心屿的草地上,望着天空,闪电密布如血管,却搏动无力,也无声。他艰难地向阿尔法承认,作为一个后喻型个体,他对父母的教育和培养,是尽责的,也是失败的。

失败居多——在他自己看来。

第五章

1

苏铁的寝室楼层已经升到快接近塔顶了。随着年级越来越高,窗外的视野越来越广阔。脑子里的容量越大,困惑越多。他花大量的时间赖床睡觉。只有长时间在心屿上散步,放松,和阿尔法对话,才能有勇气醒来之后面对现实生活。

平日里,都是智宠企鹅替他去跟母亲保持联系的。好几年了,企鹅包办了定时去刷母亲的星历、打电话、送礼物、嘘寒问暖等等所有任务,所以苏铁对母亲已经有了第二个孩子的事,完全一无所知。

他都忘了自己什么时候对企鹅设置的初始命令,和母亲进行联络的时候——

语境模式:前喻型文化

频率模式:三次／周(工作日周末不限)

> 语气模式：80%情形下，甜；20%情形下，很甜
> 态度模式：热情
> 回应模式：绝对赞同
> 开放程度：低
> ……

他的命令还包括，除了病重以外，无论接到什么消息都不用转告自己。母亲说什么都附和就行了，同意就行了，他一点儿不想知道。

如此一切运转良好，直到毕业前夕，他突然接到系统通知，被要求三个工作日内登录在线法庭，接受更新监护人执照的面试调查，因为母亲已经选好了基因款型，订制了第二个孩子了。从说明书上看，她有着奥黛丽·赫本一样的笑靥。

是个女儿。

2

面对一块巨型的黑镜，他和母亲同时登陆接受访谈。系统按照自述量表进行顺序提问，长辈有没有虐待，忽视，关爱与否……一系列琐碎的，叫他根本不想回忆，也不想回答的问题。

窗帘，钢琴，棍子，冰块，母亲失望的表情，哭泣的声音……

全都复活了，镜面变得立体、卷曲，成了黑色的海啸，迎面而来。

"你对母亲的养育满意吗？你认为她是合格的监护人吗？你愿意将她推荐给未来的生命作为监护人吗？"系统毫无语气差别，机械化地一条一条问下去。

满意。

合格。

推荐。

苏铁机械化地回答下去，只求早点结束。隔了好几年，再次在屏幕上看到母亲，完全没有料到她已经老了那么多，触目惊心的老年斑和白发；短短几年，时间已经在她的眼角、额头上刻下凌乱的刀痕；腮部又被生活的蹉跎所填塞，略显臃肿。

他把这一张面孔全部丢给企鹅去面对了。一种不知何处升起的内疚和自愧像刀子一样凌迟着他。

母亲不停地问："你今儿怎么了？老发愣？平时咱俩网上见面你不都好好的吗？"

他敷衍道："昨晚没睡好，不舒服。"

"怎么了？这么不注意身体？几点睡的？……"

他演不下去了。腹部一阵痉挛，令他突然作呕；他蜷缩着，抓紧桌沿，却只吐出几口酸性的唾液。他感到有什么东西拉扯着他的肠子，一次一寸。

3

回到象牙塔，苏铁颓丧地把自己关进寝室。书桌上，企鹅从自己的充电座上滑下来，溜到他裤腿边上撒娇，"我很想你，主人。你今天过得好吗？"它闪着无辜的、亮晶晶的眼睛，望着苏铁。

一切当然不能责怪企鹅，也不能责怪母亲，那么只好责怪自己吗？苏铁带着无处投射的愤怒，关闭了企鹅。

随着一声轻微的蜂鸣，企鹅关机了，眼睛熄灭。关掉了它，他就再也没有说话的对象了。苏铁起身，换上运动服，出门去健身房跑步。靠着脑内暂时释放的内啡肽，他稍微感觉好了一点儿。结束之后，洗完澡，他还是不想回到寝室，于是在走廊的贩售机上买了一些寿司，绕到他最喜欢的那间小厨房，关上门，想独自待一会儿。

窗外的夜景悄无声息，一片繁华。他越要把奥黛丽·赫本的笑靥从脑海里赶走，那面孔就镶嵌得越发深刻。墙上挂着电屏，正在滚动播放着一则新闻：又一架联合号刚刚起飞，朝太空旅行。

画面上，联合号的巨翼几乎遮蔽了半边天空，巨翼下方闪烁着：

不知你所知

"那些从小就被选入联合号的天才,到底是些什么原色的?"苏铁的神情和语气中都透露着一种艳羡。

李吉回答说:"你羡慕他们干什么?你没坐过飞机吗?空中大部分时间都是一片白,到了宇宙就是一片黑,反正胡骄说,他在联合号的日子,就像一场漫长的迷航,很不是滋味儿。"

"也对……但是,飞行的视野、胸怀,跟地面有本质不同的啊。"

"你觉得一个孩子每天都在空中飞,眼前一片无聊的白茫茫、黑黢黢,他可以懂得胸怀是什么吗?"

"你今儿怎么了,说话这么冲?心情不好吗?"

"抱歉……不是故意的,"李吉黯然,"我就是有点烦,不知道什么时候才能跟胡骄再见面。"

"没关系的,现在技术这么发达,距离是小事。你们想见面,随时随地连线不就好了。"

"也是……"李吉说完,俩人陷入沉默。

有那么一丝担心冒了出来,苏铁怀疑,万一此时和他对话的也不是真的李吉,该怎么办?他有点儿不敢往下想了。

4

离开这片海域之后,李吉每天的任务就是还欠下姐姐的人情债——帮她完成毕业设计,一座巨大的纸雕作品"雅典学园"。

3D打印的纸雕作品比李吉做的"好"一万倍,所以这项艺术的价值,更在于行为本身。而李吉,借此机会把做纸雕的过程完整地录制下来,亲自剪辑,以百倍速度快放,配上特效,设计台词,然后上传到自己的星历,博得关注,赚取眼球,换来零花钱。

科学证明,低分贝泛噪音的环境比寂静的环境更有利于大脑集中精力。李吉做纸雕的时候,总是循环播放着一部关于旅行者号的片子:

公元1977年,两艘旅行者号,携带两张铜制密纹唱片,作为记录星球文明的时间胶囊,先后被送入太空。唱片包含118幅照片,90分钟音乐,55种语言的问候(以及1种鲸的"歌声")。

拉丁语说的是:"无论你是谁,他们向你送去美好的祝愿。"

瑞典语说的是:"地球上康奈尔大学的一名计算机工程师问候你们。"

而中文普通话那一句是——

"各位都好吧，我们都很想念你们，有空请到这来玩。"

不知为何，她一直对这句话印象深刻，觉得很寂寞。当停下刻刀的时候，她会默念这句话，可是到底跟谁说呢？如今世代已经不再存在这样的事：一个人因为一句想念的允许，就在有空的时候去敲别人的家门。

连苏铁这么好的朋友，也很久没有真的见面了。他只是出现在留言中，弹幕中，在星历上，看着李吉一点一点完成这件作品。而姐姐，大概是因为太放心把任务交给李吉，早就离开奥德赛号去实习了。

5

每天晚上，李吉在梦境中漫步，于她的心屿——雅典卫城中寻找灵感。醒来，做纸雕的时候，她会换上睡衣，拖鞋，打开纪录片，营造泛噪音环境，然后泡一壶安神茶。接着，把台面高度调整到最佳位置，尽量不让颈椎疼痛；座椅的位置已经固定了，不用调，腰椎垫也已经固定。戴上护目镜，扭开台灯。

纸雕的过程，每一滴心血都犹如慢镜头，但线性剪辑的时候，常常以百倍速度快放，有种残忍感。只因为热爱，这不是问题。

问题是：只要做上一两小时，疼痛就会将她击溃。

久坐伏案，使得她整个背部骨骼肌肉基本都在报废边缘。疼痛永远都埋伏在那里：锐的、钝的、片状的、点状的……有时候还会大规模突袭而来，逼迫她投降，停下来，休息，活动骨骼，做几个动作，拉伸。

死亡面前有勇者，疼痛面前无英雄，无英雄——疼痛发作起来，李吉像个被拷了枷锁的囚徒，僵硬地走到瑜伽垫上，按舰医的嘱托摆弄各种姿势，非常艰难地躺了下来，用泡沫轴或瑜伽球放松肌肉，她为自己还能走得动，还能躺得下来而庆幸。真正严重的时候，她连躺都躺不下来。

李吉咬牙切齿地想，等有天钱挣够了，立刻去更换一套颈椎，肩周最好也换了。腰，如果够的话，一起做。"那些被两千万人观看的生活现场是什么样子的？"她躺在泡沫轴上做胸椎的放松动作，疼得龇牙咧嘴。弟弟偶然造访，刚好在星历上看到这一幕，回复道："量子小子、波斯驴……都是两千万级别的明星，听说过么？"

"什么鬼？！"

"你看，大数据讨好每个人的口味，只给你看你喜欢的。至于不喜欢的，拉黑、屏蔽，即可。无视，就等同于不存在。小到选你喜欢的音乐、皮包、房子、伴侣，大到选你的孩子——都是为你的口味订制的。因此,人们仅接受——也仅知道——他们接受的东西,这导致人际间的包容度极低,互相看不惯成为常态。恶言冲突泛滥,群体性暴力加剧。"弟弟在奥德赛号就读于社会学系,他跟他的导师一样,一说起这个话题就没完没了——

我不可能不喜欢你。因为如果我不喜欢你,你根本就不会在我的视野里存在。我的视野里,就只有我喜欢的。

"一个又一个大写的,黑体的,'我',塞满了宇宙。"弟弟的弹幕很冷清,但他心有不甘,每天在线上发表言论:"问题就在于,屏幕的数量是有限的,眼球的数量也是有限的,眼球落在屏幕上的时间更是有限……"

"在这个注意力分散,话语权弥漫的时代,眼球成为最稀有的资源。被关注成为可变现的价值。因为骨子里每个人都渴望被关注,这再次证明人类从来没有克服对渺小的恐惧,从原始狩猎阶段到现在都一样。"

世界是平的,也是碎的,但终究是碎屏的。

弟弟完全自我陶醉于长篇大论,反讽的是,屏幕这边,李吉早就把他给关闭了,根本懒得听。她只是恨恨地想,要是直播一次洗脸就能赚够手术的费用，该多好啊。

但是那真的有点贵。是真的，有点贵。

为了挣够这笔费用，她不得不忍受疼痛，继续做纸雕（或者说是做"做纸雕的过程"），博得关注。

"我不许你再这么做下去，"胡骄又一次在星历上冒出来阻止她，"一坐就是十几个小时，你才这么年轻，还要不要你的脊椎了？"胡骄也不明白为什么他明明是心疼，可出口就是一副教训的口气，气得李吉立刻顶嘴："我有选择吗？难道我去'卖命'？"

"你为什么不找你的家人？！"

"我从来都是靠自己的，最不想的就是向家人伸手。我不知道在你们的习俗里如何，总之在我们的并喻型家庭传统里，年满十八岁了还要向家人要钱的人极为可耻。"

"那你还有我啊！"

"那更不行。我更不想欠你的。"李吉总是这么说，令胡骄感到被拒绝，被推开，一股无名火起，他愤然切断了视频电话。

胡骄被她的独立性搞得焦头烂额。想不通为什么有人如此抗拒向别人求助，仿佛这样就意味着她的无能。这与他的性格针锋相对——作为一个后喻型个体，他从小要照顾父母，教导他们，对他们负责，这已经成为习惯，也造就他的控制欲无比旺盛——偏偏李吉过分独立，拒绝他的照顾，像一棵自给自足的仙人掌，他越想接近她、照顾她（或者说控制她），就越看到她的刺。

在奥德赛号远离红海的那一年，他们的异地恋举步维艰，全靠虚拟体感技术，制造"约会"：在入睡的时候，戴上脑电波控制仪，通过电讯号刺激，在深度睡眠阶段制造出牵手的触觉，拥抱的体感，亲吻的气息……一起散步的同步视觉。

梦境越甜美，醒来之后就越失落。一切都不是真的。他们清楚，在现实里他们相隔万里；不仅如此，疼痛还总是打断他们的"约会"，犯病的时候李吉动弹不得，疼得无法入睡，而胡骄除了揪心，连去药柜里帮她拿氨酚羟考酮都做不到，这种束手无策的感觉令他崩溃。

技术的极致可以让他们任何时刻聊天，拥抱，让彼此"无处不在"，但就是不在身边。

6

那一天与平时没有任何不同。李吉与导师见了面，下了课，顺带买了快餐，回到寝室，播放那部宇宙纪录片作为背景白噪音，一边吃，一边坐下来做纸雕。做得投入了，中途没有休息，一不留神三个小时就过去了，夜里，疼痛突然袭来，将她活捉。李吉僵直在座位上，缴械，放下刻刀，投降。

如果可以，她恨不得立刻一刀扎过去，反扑，把疼痛捅死。但她动弹不得。摄像头还在录制。屏幕上，她发现，疼痛像一只看不见的手，像捏橡皮泥一样把自己的脸捏成扭曲的样子。

她从来没有羡慕过富裕的明星，那些被两千万观众关注的生活。但如果能直播一次洗脸就能赚够手术费用，该多好啊。又一次地，这个念头像公牛一样在头脑里冲撞起来。

很快她就连这个念头都顾不上了，疼痛像个歹徒，绑架了她的身体，勒住了脖子，枪口抵住腰椎。

僵持了三分钟，她想要找止疼药，刚扭头，就感觉有电钻在颈椎上打孔似的疼。

"你怎么了？"胡骄刚刚潜水归来，发现李吉的星历一片黑屏，察觉到不对劲。李吉已经关闭了公领域直播，正在呼叫舰医求救。她想站起来，结果因为疼痛而摔倒，眼机摔在了地上，她够不着，只好对着它大声喊话，在经过了好几次"听不清"之后，对方才锁定了她的位置。

感觉有一个世纪那么长，三位舰医救援队终于赶来了。一进门，打仗似的，把她放平，抬上了救护车，注射了镇痛剂，护送到医务部。

等她醒来,疼痛已经消失了。白色的病房,光线很亮,她感觉眼睛干涩,一时无法聚焦。过了一会儿她才确定,姐姐,哥哥,弟弟,都围在她身边。孢子们已经太久、太久没有这么真真切切在现实中聚到一起了,看到他们反而觉得不真实。

"好点了吗?"姐姐见李吉醒来,赶紧坐过去,握着她的手,"你为什么,从来不告诉我你背痛?!"

"……因为说了没用啊!"李吉回答,"难道说了就不疼了吗……"

"你患了强直性脊柱炎你知道吗!你还这么久坐不动……我……"某种内疚袭来,姐姐说不下去了。

"你必须马上手术,"哥哥接着说,"这可不像换个胫骨那么简单,骨髓里都是中枢神经。"

"我们已经帮你预约好了,干细胞制椎已经在进行了,提取了一些你的上皮。"弟弟说。

"等会儿,这么大的事你们怎么就——"

"我们是家人,"哥哥说,"家人有权利,也有责任这么做,家人的意义就在于此。"

7

手术当天,所有人都赶来了。所有她熟悉,但一直生活在线上的人们——苏铁、胡骄、孢子们。他们真真切切地来到医院，握着她的手，告诉她"没事的，手术会顺利的"。

  李吉躺在手术台上，灯光很亮，她不能动，平躺的姿势令她感到一种任人宰割的、彻彻底底的弱势，她紧紧攥住姐姐的手，看着Da Vinci外科手术机器的巨大圆形腔洞就在脚趾那儿，仿佛马上要把自己吞下去。她突然害怕她不能活着出来了。

  直到那一刻她才感觉，很多自以为是的洒脱，其实只是一种自大。无法想象这样的时刻，如果是一个人孤独面对，该多么恐惧，多么无助。过去她一直以为自己很独立，也渴望独立，但到这份上，她不得不承认，自己只是一个人，一个脆弱的、群居的、常常会恐惧且不知道内心有恐惧的，人类。

  苏铁、胡骄、哥哥姐姐弟弟，每个人都从自己的账户中捐赠了手术费用，而且自始至终陪着她。眼看着李吉被推进手术室，苏铁突然横生一股后怕，他突然抓着手术床，脱口而出："你可千万给我活出来啊……我们还要一起参加成年礼呢……"

  其实李吉自己心里也这么恐惧着，但她还是用最后一点儿力气怼了他："平时不是挺会说话的吗？！现在怎么一嘴丧？"

  麻醉剂很快就起效了。李吉感觉温暖、柔软，好像身体正在融化，意识如烟雾一般飘散在夜空。

苏铁站在手术室外，隔着玻璃，看着那座 Da Vinci 外科手术机器缓缓将李吉的身体吞并，不由得想起自己年幼时那场左手修复手术……很久没有在现实中见到母亲了。仅仅上一次在视频中看到母亲，都令他感到陌生。自从他训练企鹅替自己跟母亲保持联络，就几乎忘了母亲的存在。母亲好像已经物化为一个头像。

也只有在这样的时刻，他才会突然想，如果母亲病倒了，他该怎么办？！

他会知道母亲病了吗？

8

毕业前夕，X 总共收到了十三位成年礼舞伴邀请，它把这个消息汇报给宁蒙。"但没有苏铁。暂时，还没有苏铁的邀请。"

"他不喜欢我了？"

"我相信不是的，主人，只是暂时还没有。"

宁蒙则特意在周末晚饭的时候，公布这个消息。她晃着叉子，得意地说："有十三个人都邀请我在成年礼上做他们的舞伴。"

"太棒了，孩子，我们就知道你是最受欢迎的。"母亲笑着给她倒果汁儿。

父亲也点头,"所以你决定选谁?"

"选谁?为什么非要选谁?我谁也不选,有十三个人都邀请我做成年礼的舞伴。整个象牙塔都没有谁像我这么受欢迎。"宁蒙挪了一下椅子,不小心跟地板摩擦出一阵尖厉的声音。

她已经快要忘记象牙塔的生活了,连什么时候离开的都不记得。一开始本来只是想回家待一个星期,和爸爸妈妈聚一聚就回去,可她眼看着 X 适应得很不错,别人也没有发现任何异常,她就舍不得返校,和父母撒娇说想多待一会儿。

这一待就变成了一个月,接着变成待一年、两年、三年……留下 X 在象牙塔,替宁蒙完成学业,完成人际交往,完成整个生活。

X 勤勤恳恳踏踏实实地履行着这份替身使命,追踪好友们的网络数据痕迹,推算出他们此刻什么心情,想聊什么话题,喜欢哪个明星,对于正热火的舆论持什么观点……等真到了和对方打照面的时候,X 见什么人说什么话,十分讨喜。就连约对方聚会的餐厅也是经过大数据筛选的,一定会是对方喜欢的口味。加上 X 无比理性,也没有脾气,又有一种傻傻的耿直,很快,"宁蒙"就变成象牙塔高年级中最受欢迎的学生之一了。

宁蒙不由得感恩父母之爱是多么正确,多么周到。若不是当初接受了他们送的"X",她现在还苦哈哈地困在象牙塔,去图书馆背书,应付考试,想方设法帮同学买牛奶,带快餐,小恩小惠地一分一分积累,学习如何"好好说话",讨人喜欢。而现在,她可以过着闲适无比的生活,每天睡到自然醒,起床和父母吃早午餐,登录星历看一看 X 在干吗,如果一切顺利(还从无意外),她就自己去森林散散步,看看小说什么的。傍晚,一家人会一起做饭,时不时的,一家人一起去钓鱼、野营,偶尔迎接奥德赛号学生的来访。

"可是你还是得告诉他们你最终会跟谁一起参加成年礼吧?"X 试探着问。它的全息影像坐在餐桌边,信号不良,略有闪烁。

"这是你该处理的问题,别让我来管。别让我丢脸,也别得罪任何人。"宁蒙用命令的口吻布置道,"成年礼之后,你就可以准备休眠了。"

"休眠?"

"有什么问题吗?"

"您不需要我了吗?"X 问。

"我毕业了,成年了,我可以面对生活了,有什么事儿我会再找你的。"到现在,宁蒙觉得,就像父亲这样留在瓦尔登,一份守林人的工作,也不错的。

X 理应立刻回答"……明白了,主人",但这一次,它没出声。

它关掉了影像传输。就说信号突然断了好了,撒谎其实是很简单,它已经大致算出人类平均每八分钟撒一次谎,善意的,恶意的,大的，小的。它已经不介意了。X 望着窗外，一片璀璨的夜色中，突然体验到一种陌生的情感涌上心头。

"心头"，是这么说的吗，人类？这是当人类预感到自己将被抛弃的时候会有的心情吗？微妙的、难以描述的伤感，一种不被需要的感觉，像一片落叶掉下那么轻，却意味着一整个秋天的到来。

9

成年礼在仲夏夜之梦举行。

伙伴们都穿着童年时代的狩衣，唯一不同的是，男孩子戴上头冠，女孩子插上发笄，双双结成舞伴成对而过。

苏铁独自一人在梦境入口反复徘徊，盼着和自己熟悉的朋友一同前往，可不论是李吉，还是宁蒙，都迟迟没有出现。也许他的舞伴邀请失败了。他黯然地看着瞳孔五颜六色的少年们，说说笑笑从他身边路过，朝着绛河走去。

苏铁踱着越来越碎的步子，脚尖清点着地上的落叶，往前走了一段。

又见到木神。巨大无边的树冠依然像一朵蘑菇云，伸向云霄。树洞也依然在，形状像一颗心，时间结痂了树洞的边缘，留下一个伤口般的形状。而在木神脚下，时光如贼，劫春盗秋，溜走的路上洒落一地灿烂的叶子，仿佛是故意留下的耀眼罪证。

仿佛很自然地，每个人都对树洞说了一句心底的秘密，他们的星槎也就在绛河边赫然出现。轮到苏铁的时候，他凑上前，却开不了口，他感到心里空空荡荡，而树洞只是安安静静地望着他。过了一会儿，苏铁低语道："想快点长大……去很远的地方，但又不知道要去哪儿。"

余光中，他瞥见一个身穿赤红色山吹狩衣的姑娘正走来，她一路带风，棣棠飞舞，眼眸像两颗明亮的星。上一次见到她这副模样，面容还是个小孩子，如今她是少女了，苏铁透过她的变化像镜子一样看到自己，想必自己也该变化很大吧。

李吉也看到了苏铁，但那是完全不同的眼神，好像只是出于对一个漂亮陌生人的留意，而不是看到老朋友的惊讶。

他们有多久没有在梦境中相遇了？李吉也许还没闻到竹香，但这件飞棹狩衣，李吉应该认得。

应该认得……吧？

对视的瞬间，李吉接连变换了好几重表情，才把苏铁认出来，"你！变化好大！"李吉显然很吃惊，直到确认是苏铁，才径直冲着他过来，拥抱他。

苏铁也紧紧地拥抱她，抱着她，好像抱着自己所有的去日，那些并不算特别愉快,却依然让人念念不忘的时光。

"你有……舞伴了吗?"苏铁羞涩地问。

"那不是你吗?"李吉还是那么开朗,笑着,拉着他朝着绛河走去。

一人一舟,一前一后,顺着绛河漂流。阿尔法最后一次化作金枭,护送他们。

点滴往日,就在他们身后消亡。从不断溅起水珠中,苏铁发现自己哪怕已经从象牙塔毕业,知识量巨大,熟记经典,却从没有见识过什么,也没有经历过什么,平凡而孤独的日子堆积如山,上课,打球……许许多多在小厨房里消磨掉的日夜,被藏在水晶球里滚动着,消失。

怎么一晃就成年了呢?青春仿佛不该这么平淡无奇地度过吧。他感到细思极恐,划着桨的手臂都无力了起来。他忍不住问李吉:"你刚才对木神说的是什么秘密?"

"秘密说出来,还叫做秘密?"李吉狡黠地笑着,并未回答。

顺着绛河,汇入银河,他们穿越群星闪熠,云尘幽浮,又见瀛涯。

"你还看得见心屿吗?"李吉问。

"看得见。"

"之前我跟我的父母们聊起瀛涯,发现他们八个大人……竟然没有一个记得有什么心屿、梦伴之类的……那一刻我真的觉得他们老了……是心老。"李吉难得感伤，她忧郁起来，原来也很美，苏铁想。

俩人靠岸，停了星槎，正在系锚绳，李吉这才说："但愿我俩永远看得见这一切。"

苏铁的绳结打到一半，停了下来，看着她，有点不解。

"我对木神说的秘密是——但愿我俩永远看得见心屿，看得见这一切。"

说完，李吉觉得这话伤感，便止住了，重新换上笑容，系好星槎，一起登上苏铁的那座心屿，向密林深处探路。拨开路边的草叶，往前探步；露水像泪，滴在手背，湿了脚踝。正走着，只听几声清脆的鸟啁，由远而近——是森莺又飞来，绕着独角翼马盘旋。

直到这一刻他还是不知道森莺到底是谁的梦伴。在他那片小小的心屿上，只有寥寥几种梦伴出现过，蕉鹿是李吉，森莺到底是谁呢？

10

舞会开始了,他和李吉并肩走进圣殿。时隔多年,又见到那高高的穹顶,苏铁觉得有些恍惚。一同前来的伙伴们,原色大都还与之前相同,但或深或浅,多多少少有了浓淡之别。

有一个变化巨大的少年,当初鲜红的光芒彻底消退了,变成一种近似土黄的样子。苏铁非常惊讶,不知道他经历了些什么?与什么朋友交染?抑或原生家庭的阴影越来越浓,覆盖了他的原色?

一曲毕,大厅里响起掌声,庆祝自己长大。苏铁心不在焉地鼓着掌,眼睛却忍不住瞟着那个少年;而他所看见的阿尔法,已经彻底投射成了母亲的模样:一个更和蔼的,温柔的版本。

阿尔法叫到自己名字的时候,苏铁深吸一口气,闭上眼,站到了七尊棱镜中间。

再一次地,棱镜升起来,浮于半空,在齐胸的高度,环形旋转。

苏铁隔了很久才敢睁开眼睛——七尊棱镜汇聚成的原色已经从幽蓝变为了深蓝,若不是代表文化认同那一段光谱几乎变成透明,冲淡了整体的原色,他整个人几乎就要变成曜石黑了。

李吉的原色却没有变,甚至更艳丽了一点,像十一月的红枫。

他不知道为什么会这样。他茫然望着阿尔法,"这算……好还是不好?"

"你定义什么才是好？什么才是不好？"阿尔法反问。

苏铁沉默下来。

走出圣殿，天已经快要亮了。这个夜晚过去，他们在名义上也就成年了。在梦境的边缘，他们即将告别。不知道下一次这样的相聚是什么时候，李吉有些不舍，问他："想不想再去我的心屿上散散步？雅典卫城的落日美极了，可以俯瞰爱琴海的日出。"

苏铁犹豫了一下，他能想象那有多美，但他还是拒绝了。少年时代的最后一刻，他想独自度过。

就这样，他又一次返回瀛涯，独自划着星槎，寻找母亲早已沉没的心屿。那只是一处漩涡。他知道母亲的魂井就在漩涡底下，点滴都是关于母亲这个人的故事，霜堂，琴……他想知道，又不想知道，他就这么一次次徘徊在漩涡外围，害怕被卷入下去，又舍不得离开。

黎明前，李吉在梦境里，一个人坐在卫城的最高处，背靠着高大的希腊式廊柱，俯瞰地中海的日出——也或许暖暮吧——四下只有风声，太阳的光芒点亮了金色的爱琴海。

一只红隼久久在神庙的三角楣上站立着，好像在陪她一起度过这最后一寸少年时代。在红隼的脚下，已经风化了的浮雕角落，依稀可见这样一句古希腊箴言：

认识你自己

11

古代的科学家们将旅行者号送到太空的时候，本来有另一个方案——不是用一张音乐唱片来展现地球文明——而是把45亿年地球历史压缩为一段音频样本，依次记录地质演变，生物进化，人类技术的声音。

这样，远方的客人可以听到我们这颗星球上的全部动静——大陆漂移，山崩地裂……海浪，风声，猿啼狼嚎，鸟啾禽嘲……然后是人类的声音：打铁，筑墙，马车，火车，砍伐木头，汽车刹车。

问题是，若要按比例压缩这样一段音频，孤寂而漫长的海浪声、风声……将会占据绝大部分。哺乳动物的声音有那么几秒，而有人类出现全部的历史，严格按照比例的话，只能是最后一个"嘀"。

你一生的啼哭、学舌、交谈、呐喊、吵架……以及我们全人类所有的金字塔、长城、战争、革命、奥运、股灾、复兴……全都只在那个"嘀"当中。

这个方案最后被否定了——人类无法接受这个现实，那就是自己的存在如此短暂与渺小。

如果连我们自己都没耐心去听一段漫长的海浪、风声；而轮到自己的时候只有"嘀"的半秒的音频——姑且就默认宇宙中其他客人也如此吧。

于是，旅行者号唱片依次用巴赫，蓝调，刚果原始部落的成人礼歌，阿塞拜疆风笛凄扬，美拉尼西亚排箫苍劲，中国古琴幽咽……贝多芬C小调《第五交响曲》乐章片段，来展现人类文明。

尽管事实上的我们，连同这个世界，是"嘀"一声的，亿万分之一，都不到的，渺小。

这是李吉最爱的一部纪录片，在她康复期间，胡骄经常在病房里循环播放着。

李吉醒来的时刻，看见胡骄嘴里咬着一根吸管，盯着屏幕上渐渐升起的字幕。清晨的光线被窗帘撩动，勾勒出风的形状。

"你醒了！？"胡骄问，"你梦见什么了？一直说梦话。"他站起来，给她倒水。

李吉的脊椎手术非常顺利,三个月的康复期到今天为止,可以出院了。胡骄说孢子们都在妈妈C的家里聚着,等她回去,庆祝一番。

他们打了一辆自动驾驶出租车回去,到了终点,胡骄下车,拿了行李,俩人一起朝着妈妈C的家门口走去。

在玄关处,胡骄对李吉说:"好热啊,帮我脱外套吧。"

"几岁啊?不会自己脱?!"李吉莫名其妙,白了他一眼。

"我这不是拎着行李嘛!帮我脱一下嘛!"

他固执地背对李吉站着。李吉只好不情不愿地,帮他脱下外套,也就在那一瞬间,她愣住了。

白T恤的背后写着——

Would you

李吉猜到了什么,就在她还没来得及反应过来的时候,胡骄坏笑着,转过身来,他那件T恤的正面是:

Marry me

呼啦一下子,家门洞开,埋伏了好半天的孢子们早就准备好这一刻了,所有人都挥着荧光棒,撒花满天飞,没命地叫好,大伙儿齐声起哄道:"答应他,答应他,答应他!"

家门口的院子里中一片沸腾,妈妈C也端着香槟走了出来,笑盈盈的。

李吉一阵阵发蒙。她咬着嘴唇,贴近胡骄的耳朵,很轻,却很严厉地责备道:"我才刚刚成年!你搞什么名堂?!"

胡骄咬着腮帮子,不肯罢休,突然他扔下了行李,一把脱掉了T恤,露出体脂率7%的漂亮身材,小麦色胸口上,签字笔笔记写着——

For a life time

李吉彻底给气晕过去了,刷得白了脸,皱着眉,"我说过的,我讨厌惊喜,千万,千万不要当众搞这套,我不喜欢被这种大阵仗逼着!"

"你就说,好,还是不好?!"胡骄没料到李吉这么不领情,几乎要哭出来了,大声问道。

周围突然安静下来,大伙儿举着的充气棒啊彩带啊什么的,全都垂了下来。孢子们一时不知所措,弟弟第一个嘀咕:"你看你看,我就说什么来着!"

厨房里突然传来铝锅掉到地上的声音,刺耳极了,在地板上滚了几个清脆的来回。

李吉咬着嘴唇,齿缝间,一字字咬碎了,才吐出来:"我的确很喜欢你,但真的,什么时代了,谁都没法说永远,咱们……边走边看。"

胡骄哗地一下,眼泪潮了。他立刻擦了,什么也没说,胡乱套上T恤,穿反了也不管,又随手扯了外套穿上,遮住写着"Marry Me"的地方,放下行李,转身而去。

她并没有打算去追回他。

12

接下来的家庭聚餐吃得那叫一个尴尬。偌大一张餐桌,每个人像练功一样静坐着,只盯着自己的眼机,仿佛身边的人根本不存在。

无人说话,连咀嚼的声音稍微大一点都显得唐突。

"我说,你不该对胡骄那么绝。那次手术,他为你捐赠的时间最多,二百五十万莱克都是他的。那是整整五年寿命。"弟弟突然来了这么一句,全家人都看着他,接着,又聚焦到李吉身上。

李吉心里一震,握着刀叉的双手定住了。连她自己也不知道为什么,她心里掠过了一万种反应,却出于某种自我保护,当着大家的面,佯装冷静地回了一句:"我猜到了的。"

"我觉得一点儿都不了解你了。"弟弟耸耸肩。

"我去趟洗手间。"李吉这才坐不住了,借口离开,起身的时候动作太粗暴,撞倒了椅子,也没有扶起。

她反锁了门,坐在马桶上,整整犹豫了半个小时,才给胡骄留了个言:"你为我做的……感动归感动。但你不该不跟我打招呼就自作主张。我的事儿就是我的事儿,我,不喜欢,欠着别人。"

"我是别人吗?!别人肯为你做这个吗?!"胡骄气得摘下眼机,直接关闭。

就在半年前,他还义无反顾地去到下城区第15街第22号,那扇没有任何标记的门,一个声音回应了他:"懂规矩么?"

"懂。"胡骄平静而自信地回答,接受了虹膜扫描,进去了。

说好听点是捐寿,说难听点,就是去黑市卖命。这曾经是他最反对的一件事。

"我会还你的。"李吉过了好久,才又回复了这么一条。

"没要你还!"胡骄把眼机摔在墙上,但没有碎。可他感觉很多东西都碎了，从心，到信念，也许当初父母分开的那一刻起，就分崩离析。他以为爱人之间这样做是应该的，或者换个说法，只有这样做，才意味着爱。

胡骄望着角落里那副四仰八叉的眼机发呆。他很想告诉李吉，我不是轻易跟你说永远的……你以为永远很远吗？在"卖命"之前他进行了体检，本是想查看自己的"底牌"，却意外发现了染色体易位，有90%的概率myc原癌基因将与免疫球蛋白重链融合而被活化，发展成淋巴肿瘤，如果想要逆转这个变异，他得花一大笔费用进行靶向治疗；而如果卖命来支付这笔费用，将进一步缩减寿命，而这样做值得吗？存在10%的侥幸这一切又不会发生，要不要赌一把？

他发现自己的人生完全沦为了一个数学游戏，也终于理解为什么尽管技术日渐发达，许多人拒绝接受体检，不想知道自己的底牌还剩多少。

拿到结果的那一刻，他无法理性思考了，好像是溺水，胡乱抓住任何一丝救命稻草，甚至做出求婚这种傻事。否则，他无法阻止那个声音在头脑里倒计时，"你的预测寿命是55岁；55减去'捐'掉的5年，剩下50；而现在已经活了28……"

他想起父亲质问他的那句话："算数你会做吧？"

胡骄望着一地碎片，感到彻底疲惫，起身去卫生间洗澡。脱掉衣服，他把那件写着 Would you marry me 的 T 恤扔进垃圾桶。站在花洒下，热水冲刷着，他打上肥皂，一点一点擦掉胸口的那句 For a life time。

也就在同时，李吉整夜辗转反侧无法入睡，"……下周是胡骄二十八岁生日，现在好了，我都不知道怎么收场。"

"你好好去道个歉，哪有什么过不去的。"苏铁安慰她。

"你是不知道……以前，"李吉感慨道，"以前刚刚恋爱的时候，生日刚过的第二天，就在想着下一年的生日礼物了。"

"现在准备也不迟啊。"

"可能发生了什么事，才让他这么冲动地突然来这一出。"

她不确定胡骄还会不会见她，但亲自去道歉一定是必须的。

能用上的借口都用了——"我来给你道歉"；"我来给你过二十八岁生日"；"好啦我就是来毕业旅行，顺便看看你。对不起……"

可是都无回音。胡骄已经很久不理她了。在如今的世界里，想要隐身很简单，只需切断在线状态，关闭移动设备，退出星历，任何人就再也别想找到自己。

一想到俩人可能就此分开，李吉就懊悔得喘不上气。她尝试挽回，买好了机票想亲自去道歉，而心里始终没底，于是叫上了苏铁，而苏铁又邀请了"宁蒙"，就这么一行三人，去胡骄工作的潜水点找他。

"那儿暴风雨的夜晚,有着世界上最壮丽的闪电。"胡骄以前一直拼命邀请她去,可她一直推说紫外线过敏,根本不为所动。

直到这一刻,她才知道自己真的很过分。

13

在苏铁的星历上,胡骄的备注名是"胡椒",排在肉类梯队里,恰好跟"里脊"配对,代表着他很喜欢的那一类朋友。俩人闹翻之后,胡骄一直把星历保持在私领域状态,这让大家都很担心。苏铁翻出最早的蛛丝马迹,星历上的动图、视频、照片、GPS坐标,大概猜到了他租住的地点范围。

飞机降落在海上机场,他们把行李扔在附近的酒店,就迫不及待地行动开了。

按照眼机提供的全息地图指引,他们带着好奇,悄悄地靠近这栋海边的木屋。只有小小两间,玻璃被风沙磨损得发毛,并不清晰。没有窗帘,一眼望见屋内像梵高的房间一样简朴。门上象征性地挂着一把锁。门廊上有一把椅子,X 第一个注意到,椅子面朝大海而放,靠背上有一行歪歪扭扭的白色油漆,写着:

Leave me alone.

李吉脑海里出现了胡骄一个人坐在这把椅子上的画面。那个背影，就坐在这门廊上，面朝大海，面朝一个又一个晨昏，喝着啤酒，数着海浪声，涨，落，涨，落……或者，只是在等待着他的闪电。

那样的时刻，他在想什么呢？

也许什么也没想，只是想一个人待会儿。

不知为什么那画面叫李吉感觉眼眶潮湿。她把目光从那把椅子上抽离，投向不远处生了锈的晾衣竿。海风与日晒已经将它们完全腐蚀了，沙子镶嵌在粗糙的铁锈里。屋后的凉棚下，灌氧机连接着细细的管道，一个架子上堆满了氧气瓶，两件潜水衣像稻草人一样挂晾着，陈旧的脚蹼不成双，散落在一角。

"像原始人一样的生活……"X嘀咕着，朝着海边走去，看见一条木制的、简陋的条板，权当码头，从沙滩伸向浅海。斜面看上去脆弱得好像一个大浪就可以打碎。但这小小的码头充满诱惑力，仿佛是大海送出的一张请帖，来吧，来，到我的怀抱里来……

李吉突然有些懂了，为什么胡骄甘愿抛弃联合号的前途，留在这个偏僻的地方，终日潜水，与海相伴。在他的心底，海才是最爱。

对李吉来说,那也是一种无力的伤感:当你知道你在爱人心底的分量,比不上头顶上的星空,比不上幽暗的森林,比不上艺术,或者,比不上大海。李吉感觉自己就像是这破旧的码头,只是大海与人间的一段连接,但胡骄最爱的,是她身后的那片蓝。

突突突的声音响起,一艘小船由远及近,一粒人影竖在上面,瘦得像一面帆。近了才看见,船上还坐着两个潜水者,裹着毛巾,好像被海风吹得很冷。模模糊糊地,听到他们好像是在道别。

胡骄踩进及腰身的水里,用力把小船拉上岸,锚绳抛出,准确地绕在简易码头的木桩上。潜水者道了谢,踩着码头走上岸,这时候胡骄看见了李吉。他愣了一下,但很快恢复镇定,若无其事地,扛起两个氧气瓶,朝着岸上走来。

直到错肩而过,胡骄都毫无反应,仿佛故意没看见李吉似的。

"对不起……我不该那样……伤害你的好意——"李吉好不容易才喊出了口,苏铁真为她捏把汗。

胡骄的步子微微放慢,表示他听到了。这给了李吉勇气喊下去,"——可我总觉得有一天你会因为大海而离开我的。我也会害怕的……"

这好像是头一次李吉用这么无助的口气说话。胡骄的步子停住了。苏铁使劲儿推了一下李吉的后背,"快去啊!快去啊!"

李吉被一把推着,扑过去,从后面抱住胡骄,俩人都一个趔趄。她用微弱得自己都听不见的声音,说:"虽然很不想承认……但,还是想说,如果爱是软肋,你就是我的阿喀琉斯之踵。"

14

那几天,他们运气很好。风日清美,每天都能出海。李吉紫外线过敏,不能晒太阳,所以大半时间都在房间里待着,睡懒觉,或者打游戏,她也负责做饭。

沙滩上,每个夜晚都有银河流淌。那是一串黄金般的日子。下午,三个人潜水归来,排队在简易的木制围栏里冲澡,李吉已经在野餐桌上摆好了水果,四颗年轻的脑袋,湿着头发,赤着脚丫,围坐在野餐桌边切西瓜,吃烤肉,啤酒瓶掉在沙滩上,摔不碎,碰撞出清越的声响。

晚风扶疏,一丝丝穿透椰林,摇荡着门廊外的晾衣绳,每一件衣服都在跟着音乐跳舞,姿势很鲜艳。

夜色下的大海,像浩瀚的床单。散步的时候,四"盏"年轻的肩膀,两两相碰。他们的背影被月光镀了银廓,在沙滩留下几串脚印。沙滩柔如丝绒,海风入浪,层层细细,勾勒出白浪。那一瞬间苏铁只会想到"永远"两个字。

李吉一路蹦跳在最前面,回头问胡骄:"说!你喜不喜欢我!"
胡骄说:"最讨厌的就是你。"
但是他们都笑了。

头顶上的星辰如带光的尘埃,他们走到海滩黑暗处,躺在了沙滩上。
"你想念联合号的日子吗?"苏铁突然问胡骄。
"不想念,"胡骄说,"除了那儿的一座泳池。"
"联合号上还有泳池?"X 好奇。
"每天晚上,趁大家都睡了,我会偷偷溜出去,到半失重训练池游泳;那儿只是空气,没有水,却跟水的质感一样;我喜欢仰泳;穹顶是透明的,仰望银河,星云环绕,灿烂极了;我觉得自己就像一条玻璃缸里的鱼,自由自在,在空气中浮游。"
"可你们到底学习什么呢?"
"理论上,我们是学习如何在混沌中做决策。"
"象牙塔学习知识,奥德赛号学习思辨,而联合号学习决策?"
"进入联合号的第一天,导师跟我们聊了这么一个故事。"胡骄回忆道。

远古以前，雁王替众神照管人间世，率领雁阵，每年寒暑易节，南北飞翔迁徙，将旱涝疾苦上报天神。天神闻讯，调风理雨，保护人间世平安丰饶。

雁阵由雁王一家组成，时而飞成一字，时而飞成人字，往来多世，不负使命。直到一个秋天，有人射箭，猎杀了雁王的挚爱。

雁王念及挚爱已去，整片天空只剩自己的孤影，不堪其悲。他从此再不飞翔，终日栖于枯枝，目光哀若秋湖，眼底只有一片雪意。

七七四十九天之后，雁王向神祈死，再不愿照管人间世。神慈悲，准许了，许诺派人建造一座墓巢，安葬雁王与所爱，永不被人骚扰。

人间世，有位技艺高超的石匠，声名远扬，善造墓。神以人的欲望为酬，许诺石匠荣华富贵，令他建造一座永不被人骚扰之墓，但石匠以人的欲望揣度神，认定荣华富贵不过是诱饵，墓巢建成之时，也是自己和众工匠活埋陪葬之时——自古以来，不都是如此的。

因此，石匠在修墓的时候，利用山体的地质纹理，偷偷给自己凿开了一条逃生暗道；尽头的开口，就藏在一条瀑布的背后。

随着竣工，工匠们纷纷开始脱逃。石匠不忍心追捕，睁一只眼闭一只眼，如此一来，逃跑的人越来越多，最后只剩下七位忠友，甘为死士；为完成匠人的使命与尊严，留到了最后。

石匠无以为谢，觉得此生无憾，许诺他们，一起平分逃跑者的报酬，若来日一去无回，也算留给家人荣华富贵。

与此同时，石匠好几次想要告诉大家，有暗道可以逃生；然而，一想到这七位死士都不是普通的工匠，他们知道墓巢的机关设计；多一个人逃生，就多一分泄密的可能；泄密还是会被追杀，匠人功名也毁于一旦……石匠想来想去，最终没有告诉任何人。

随着竣工之日越来越近，石匠与挚爱相约：到天坑的瀑布下面等他。

眼看着就要封墓，匠人们自知必死，一片哀嚎；而石匠一个人偷偷钻进暗道逃生。逃到一半，他被身后忠友们的哭声绊住了脚步，心如刀绞。他于心不忍，终于将暗道的存在，告知了所有人。

忠友们一听,心凉透顶,又急转火怒,愤恨自己以死相守,石匠却藏着秘密不肯告知。

顷刻间,人心涣散,彼此背弃,当下就为逃生之后如何分配酬劳而大吵起来,有人抢夺陪葬品,有人挥拳相向,有人争奔出口……闹乱大起,彻底失控……直至自相残杀,其状甚惨。

逃至出口的只剩三个:一个摔死,一个背了太多陪葬品负重淹死,只有石匠跳瀑逃生。

此后,石匠自感余生难安,与挚爱在这座离岛隐姓埋名,简朴度日,刀耕火种。他整日于瀑下面壁冥思,人何以为人。

如此,冥思了一生,石匠与挚爱也垂垂老矣。

挚爱去世的夜晚,石匠梦见了神。神说:"我从未想过陪葬众人。因为我料定,众人自己的善良与罪恶,将陪葬自己。人间世不似天堂,不似地狱,只是善恶交织的灵薄之境。如果有天你觉得已经倦看人间世,生无可恋,你就吞下灵薄吧。"

灵薄是一种无形、无色、无味之物,不可见,但确有其质;只需吸入一丝羽毛那么一点儿,人便能脱离现实,化为轻身,飞离此世。

神在梦中，将灵薄溶于一枚纸符之中，留在了石匠的枕边。

石匠苏醒后，枕边果然有一枚小小纸符；他正想把这个梦告诉挚爱，却发觉挚爱已死，身凉如冰。

顷刻间，石匠哀至落泪成石，他决心用泪石打造一座棺，与挚爱共葬。

泪棺造到一半，石匠愈发病弱，力不从心。泪棺完成之日，他发现他彻底没有力气，既抬不动挚爱的遗体，也挪不动泪棺。

石匠非常气馁，身而为人的渺小无力叫他无奈，他走到院子里散心。

正值傍晚，风清如魂，穿透朽木窗棂，尘纸恻动。院子里的柏树，疏叶入云，随风摇撼，腾起一群弃枝而去的乌鸦，散入天际。

石匠望着这一幕，突然觉得，泪棺是否完成不再重要，人间世是注定欠缺的，所谓的"完成"并不拘泥于形；这一念，叫石匠彻底生无可恋。他想起了神的托梦，于是愤然吞下了灵薄纸符，抱住挚爱的遗体，希望能一起变轻，这样就能合葬于泪棺了。

很快，他先是感觉昏聩，倒地，不省人事，黑暗中一阵色彩狂幻,壮丽绝伦;再睁开的时候,发现——四周峭壁变为平地,瀑布拉成长河——天地已经彻底颠了个倒。

石匠觉得四肢很轻,身体漂浮了起来,他抱起挚爱,也丝毫感觉不到重量。

于是他轻而易举地将泪棺举起,如履平地,一步步走上了垂直峭壁,像放一只纸船似的,将泪棺藏进了瀑布背后的洞口。然后,石匠钻入石棺,抱着挚爱,一起长眠。

最终,他们的肉身化为了清水,随着瀑流冲散在深潭。

神闻之感佩,念及石匠无碑,于是建了人间世的第一口魂井,汇聚源源不绝的深幽潭水,蕴藏石匠的一生记忆;而他的这片心屿,永不沉没。

苏铁手里悬着一瓶啤酒,听完这个故事,还一口都没喝。

胡骄问:"如果你是雁王,你怎么做?如果你是人王,你怎么做?如果你是石匠,或者石匠的挚友们,你又怎么做?"

"我不明白,那些死士,为什么没有人自己开凿暗道?"X问。

胡骄眼睛亮了一下:"好问题!我记得当时课堂上还没有人问过这个漏洞。"

李吉说:"因为重点不在于此。"

"这样的问题能有答案吗?"苏铁问。

"决策依赖信息的全面度。而根据不确定性原理,人类无论哪种决策,本质上都是猜测;依照决策行事的结果,都是混沌中的偶然……其实我更觉得,人类要学习如何接受这种对于自身无能的绝望。"

四个人沉默着,躺在沙滩上,因为烂醉而乏力。话题不知不觉漂移了,开始争吵不休地辨认着头顶上的星座。星光把他们浸透了,胡骄不经意地回头,看见李吉漂亮的耳廓,像一枚海螺。

繁星中,除了猎户座没有争议之外,其余所有人都各说各话。寂静的沙滩上只听见他们四个人喝醉了的吵嚷声。苏铁刚想用眼机上的辨星软件来镇压争议,X 却说:"收起来吧,把它收起来。就一个瞬间,我们不要被这东西束缚。"

时间很晚了,他们两两作散,李吉和胡骄留在小木屋,而苏铁和 X 回到附近那间酒店。刚一关门,就听见门背后传来胡骄和李吉激吻的声音,听上去像……没有关紧的水龙头,滴滴答答,不断渗水。

那声音渐渐热烈,变成另一种节奏……苏铁和 X 相视而笑,这才离去。

自动出租车把他们载到了酒店大堂门口。道了晚安,打开了车门,苏铁跌跌撞撞地走下来,觉得自己喝多了,有点想吐。X 扶着他,俩人就这么缓了一会儿,站在玻璃门外,望着里面灯火通明的酒廊,装饰俗艳的吊顶,派对还在进行,有人在跳舞。

玻璃门把里面的一切静音了,整座大堂看上去像五颜六色的水族箱。

12 楼,13 楼……31 楼,35 楼……73 楼,77 楼……电梯里,X 紧紧扶着苏铁;而他盯着红色的跳动的数字,一声不吭,他正艰难地吞咽着酸唾液,"可不要在现在吐出来……不要……"

电梯轿厢突然激烈摇晃起来,瞬间陷入彻底的黑暗。83 楼……红色数字停止在这里。长达八秒的剧烈晃动之后,警报声爆发了,刺耳至极,应急灯亮……电梯厢里的黑暗转为阴森的暗绿,他们吓得血液都凝固了。

X 立刻反应过来:"是……地震了么?"

摇晃又开始了,苏铁双手想抓住一点什么,可除了空气什么都触碰不到,恐惧完全瓦解了他,他哇地一下,呕吐出来。

15

随着一阵玻璃噼里啪啦砸碎的巨响,木屋被地震横波掀起,像一艘风浪中的小船那样摇晃起来。李吉吓得僵直了身子,死死抓着床单,那几秒的摇晃被放大成极漫长的瞬间,胡骄突然翻身,扑到李吉身上,死死护着她,好像房顶如果倾塌,自己要为她顶住似的。

摇晃终于停止了,俩人就这么叠着,愣着,僵硬着。

"地震了么,刚才?"
"是的。"

啪啦几声,头顶上传来令人不安的声响,胡骄立刻起身,拽着吓呆了的李吉,把她拖出了屋子,两人跟跟跄跄跌坐在沙滩上,眼睁睁看着一根屋梁渐渐走形——塌了,一声巨响,屋顶的一角垮了下来。

身体被肾上腺素冲击,李吉颤抖个不停,手、脚根本使不上劲儿,又脆,又软。她脚底发凉,本能地朝着身边的那个人瘫软过去。胡骄强制自己镇静下来,他勉强拉着她,说:"起来,起来,我们,赶紧离开。我害怕一会儿有海啸……"

沙滩踩上去让人特别腿软,特别无力,不知道是不是幻觉,李吉始终觉得地面在摇晃,除了恐惧她心里一片空白,或说,一片黑暗。他们像地球上第一对爬上岸的史前生物那样,仿佛扛着进化史的沉重里程碑一般,一步一步,缓慢地,艰难地,朝着陆地逃去。

直到力竭。再也挪不了一步。他们甚至忘了呼吸。

他们逃得远离了沙滩，彻底耗尽了力气，酸软得再也走不动。终于跌坐下来。在余震前的平静中，胡骄突然说："我刚才想也没想就翻身护住你了。"

"是的，我感觉到了。"李吉说。

他们互相望着，谁也没有再说话。

16

黑暗的轿厢弥漫着惨绿的救急灯。苏铁已经六神无主，X 却冷静而镇定。它清楚他们已经被困在电梯里了，它已经按下了求生警铃，尽管它也不知道人类在这种时候还顾不顾得上电梯里的呼救。X 强迫苏铁用后背贴着电梯的后壁，屈腿，半蹲，随时防止最坏的情况。

在一分钟漫长无比的黑寂中，苏铁有一万种意识如洪流般扑来，这反而让他完全空白，僵直着，任人摆布。

X 看着苏铁，他的嘴傻傻地微张着，表情已经僵硬了，眼睛只知道盯着 EXIT。人类会知道自己这样子看起来有多么无助，脆弱吗?……它隐隐感到一种,或许是被人类称作怜悯的情感,越来越清晰。它曾经以为那就是被称作"爱"的那种模糊感知。

但无论是爱还是怜悯,作为一个义身,理论上它都不会有的。它的使命已经被预设好了,人们出于自身的恐惧,在创造之初就剥夺了它的情感能力。它只知道执行理性,按照人类为它设置的利他原则做"正确"的事。但它分明体验到的那种,理性之外的,复杂的无法言说的灰色情感,到底是怎么产生的?

一想到成年礼过去,自己就会消失,要将这一切都交还给主人,它感到失落。紧接着,一股不可描述的伤感从内心深处涨潮,快要把它淹没了。

X 望着苏铁,无法体会到他身而为人的慌乱、恐惧、非理性是怎么一回事。它像喝咖啡时那样平静地问苏铁:"如果刚才就是你生命的最后一分钟,你会有什么话想说吗?"

已经被吓得石化了的苏铁,完全听不见 X 说什么——他听到了,但他的神经元在应付更为紧急的状况,完全无暇对这样的终极问题作答。

苏铁呆呆地望着 X,轿厢中,求生应急灯闪烁着惨绿的 EXIT,把 X 的面孔也映得发绿。

"像个人一样生活,苏铁,你还不知道,能像人一样生活,是多么幸运的事。"X话音未落,摇晃再次开始了,电梯突然失控,下坠,在刺耳的金属摩擦声中,强烈的失重感,仿佛是一只铁爪,直接一把捞走了全部内脏……在肠子都要被吐出来的痛苦中,"我就要死了"这个念头塞满了空腔。

周围是巨响,也可能根本没有巨响,而只是苏铁脑子里的啸叫,他已经完全任人宰割了。最后他隐约感到,有一团温暖的、柔软的、会动的东西,倒在了自己的脚下、身体下,垫着,变成缓冲。漫长的,漫长的下坠好像在某一瞬间停止了。

之后就是更加漫长的寂静,与黑暗。

尾 声

1

那是一个早晨。拉开窗帘,才发现外面下雪了。对面的窗子,每一道横着的窗棂上都堆着雪,看上去肿胀、蓬松,像一根根油炸过度的天妇罗虾。灰色的天空中,一架巨大的飞行器沿着云层的纹理穿行,把梳出两道白色的尾气。

灰色的大海,恢复了平静。海啸过后的沙滩一片狼藉。木屋早就不见了。

在这间不足五十平方米的酒店房间里,苏铁闻到崭新的地毯、家具的味道。他感觉胸闷,想要开窗,但玻璃是密封的,只好放弃。

脱掉了睡袍、拖鞋,他特意去冲了个澡。换上了黑色的外衣,穿好鞋子,系上了鞋带,整理了头发,端正地坐下来,郑重其事地打开电脑。

苏铁想，这样悼念一个人，比较庄重。

X离开后，苏铁把它在这个世界上的全部数字遗存，悉数上传到了云端墓址。从星历上最早的博客，到简讯，到后来的照片日志、聊天记录、视频、音频、购买过的物品清单、收藏的照片、点评过的电影，标记过"想读"的书目，点赞过的音乐，游戏闯关记录、成绩单。

一个完全由数据勾勒出的人生。

苏铁一点一滴浏览过去，记忆的碎片像冰雹一样噼里啪啦地砸下来，险些要把眼眶压碎了。他是真真正正的，失去这个"人"了——苏铁看着整屏的数字遗存，被压缩成一块墓碑，渐渐立了起来。一些小说中出现过的句子莫名其妙闯入脑海，比如："我还没有接受你已经离开了这个世界的现实。"

而这真的是现实吗？

2

一个多月前，在苏铁从电梯厢被获救，苏醒时，他看见旁边的一张病床上，一张绷着的人形白布，像白色的沙丘，清晰可见鼻梁、肩胛、脚尖的轮廓。

　　脚趾上拴着一块小牌子，上面写着的不是身份号码，而是一串产品序列号。

　　替生公司的人员来到，他说："我们制造的义人X在地震紧急情况中，救了人类，这是绝好的正面新闻，我们一定会大力做公关宣传的，到时候一定要请您多配合提供素材。"

　　"X怎么办？"苏铁问。

　　那个人不可思议地看着苏铁，好像他问了一个很傻的问题。"您是它的主人吗？"那人反问。

　　苏铁摇头。

　　"那您就没有权利过问了。"那人扫描了那串序列号，在事故报告结论上点击了"报废"。像完成一款眼机的回收检测报告那样，他轻轻在B6大小的电屏上点击上传，"O……kay"，任务完成了，他可以下班了。时间还早。今天竟然不用加班，他高兴得差点吹了口哨，但想到这儿是病房，就忍住了。

　　失去一个人的感觉，渐渐真实，渐渐凝固，渐渐变硬。变成一块钢板，像船舱的隔水闸，缓缓降落，密封。

　　设置墓志铭页面的时候，苏铁想了很久，不知道该用什么话来概括X的一切。他只知道，这个不是人的东西救了他的命。

而到了这一刻,连这个墓址的名字,到底该属于 X,还是宁蒙,他都无法确定。他将墓志铭的那一页留白,只把墓址的永久域名发给了大部分朋友。

云端墓址显示了七个访问量。李吉来了,胡骄也来了。还有一些象牙塔的同学们,他们对"宁蒙"的去世表示"缅怀"。而在屏幕的另一端,缅怀的同时,他们正在开车,化妆,喝咖啡,上厕所。

有人放上了一束白色玫瑰,有人放了一段"宁蒙"最喜欢的音乐。有人放了一段那年万圣节"宁蒙"和大家一起喝酒大醉的视频。苏铁记得那天,每个人都在笑。

大家在云端墓址上哀悼"宁蒙",彼此聊了一会儿。很快,弹幕中有人说"已经走到了家楼下啦";有人说"前不久还梦见宁蒙呢";有人说"好好珍惜生活吧"……

一旦……有了第一个人下线,第二个人就容易多了。就这样,云端墓址很快就安静了下来,大家纷纷下线,道别。

三分钟之后,系统提示,云墓没有了访问量。

在 X 离开这个世界的第四十九天,悼念仪式就这样结束了。而它的主人宁蒙,始终没有出现。

苏铁带着失望,最后一个离去。他盯着屏幕,眼睁睁看着 X 的墓址在海量的、整齐排列的云端墓园中,渐渐缩小,缩小,缩小,化为一粒星。

一阵低血糖的眩晕袭来,苏铁才意识到该去吃点什么。好像从昨晚起,他就再没进食。去到酒店的餐厅,发现还是高大的密封窗,像玻璃棺材,叫人窒息。苏铁胸闷得厉害,转身离开,直奔楼顶的露台餐厅透气。透明的电梯厢,静默爬升。数字跳动着,83。

他看着那个 83 楼,感觉恍惚。

……89,90,电梯停在了 101。厢门打开了。

空气。

好久没有呼吸到,不经由中央空调管道过滤的,真真实实的空气了。

3

成片成片的高楼铺到天际,楼顶的通风口缓缓冒出白烟,放眼望去像蛋糕上立着成千上万根蜡烛似的,这是这个世界的几千、几万岁生日?

露台的风很大，细雪如尘。"建议您回去吧"，服务员不想开放户外的位置，温和地拒绝着苏铁想要坐在外面吃早餐的要求。

苏铁没有坚持。他只是在服务员紧张地注视下，缓缓走向楼顶的边缘。他知道再多走一步，服务员就会立刻阻止，那会令他烦躁。为求一份不被打扰的安静，苏铁自觉收住了脚步。

玻璃地板悬在第101层。苏铁像踩着一只透明的鸡蛋壳那样，小心翼翼地站着，胸中始终提着一口气，生怕那口气一沉，就会压碎了玻璃。苏铁缓缓低头，看见脚下笔直的墙面，线条按照透视规律猛烈地收缩，街道细窄如线。一阵阵寒风来回扫荡。俯瞰一个个行人的头顶，移动着，车辆像遥控玩具。

苏铁感到轻微的恐高。他闭上眼睛，想不起从何时起，早就把"想要退出这个世界"这个念头抛到了九霄云外。"一切事物都有惯性"，包括活着。

他想起X问他的那个问题。

睁开眼，灰色的大海已经放晴了。海滩上的木屋已经粉碎，完全没有踪迹了。在服务员再三劝阻下，苏铁只好回到餐厅内。这时，李吉和胡骄也换好衣服上来了，他们坐在靠窗的位置，研究菜单。

在点单之后的间隙里，苏铁不经意地问："如果当时就是你在这个世界的最后一分钟,你想说什么呢?"

"我想说,好。"李吉说。她摘下眼机,喝了一口咖啡,目光柔和地看着胡骄,嘴角微笑着。

苏铁会意了,他也低头笑了起来。

"什么,'好'?"胡骄皱了皱眉,搞不懂了。

"白T恤,胸口的字,想起来了吗?那天我把你气坏了。你逼问我'到底好还是不好?'……我现在回答你,如果当时就是我在这个世界的最后一分钟,我会说,好。"

4

回家的飞机上,苏铁坐在靠窗的位置。从舷窗望去,海岛消失,地平线倾斜,高楼大厦像蛋糕上立着的一簇蜡烛。玻璃幕墙金光闪闪。低空飞行器像雨前的蜻蜓那样穿梭着。看上去,世界如一盘新鲜牡蛎,哗啦啦倒进自己碗里。那一刻,云都铺好了,未来一马平川地徐徐展开。犹如一切开始——在没有变坏之前,都是美好的。

"这是一个最好的时代,也是一个最坏的时代",其实适用于描述任何时代,这本是一个文字游戏。如果不是偶然来到这个世界,你也许去到另一种文明，另一个时空。那会更好吗，还是更坏。什么又是好，什么又是坏。

企鹅报时，打断了苏铁的放空。"主人，马上就要降落了，您的出租车停在停车场 B7 区 135 位置。"

"谢谢。"苏铁收回目光，扣起安全带。他摸了摸企鹅的头，犹豫了一下，还是关闭了它。舷窗外，天空和云朵渐渐远去了，取而代之的是梳齿一样密集的高楼，越来越近。

落地了。

此刻的世界这么整洁，和平，满目皆是无懈可击的繁华。高楼缝隙间，一切都在穿梭：如流沙一般飞快滑动着的车辆，一个个漂亮高挑的人们。五彩斑斓的瞳孔，走路带风，目空一切——不知道是不是在玩着眼机游戏。

苏铁在回家的出租车上感到某种紧张，点开母亲的星历，看到她正在吸尘器嗡嗡作响的声音中，勤快地清理着门后的死角。她房间里的电屏上，还在滚动播放着地震新闻，灾后救援，但没怎么引起她的注意。她只是时不时瞄一眼，毫无兴趣。在她的眼机里，苏铁的星历依然是每天早起，健身，读书的记录，毫无异常。

"嗨，妈妈。我回来了。"他在楼下，对着商店的玻璃门不断排练这句话。一连说了好几次，一切好像也没有那么难。就在他深呼吸，准备上楼时候，他在好像听到了什么。

是森莺吗？

街道边晃动的树影中传来鸟啼声，他好像明白了什么。